桜小町　宮中の花

篠　綾子

集英社文庫

目次

主な登場人物

小野小町――仁明《にんみよう》天皇の更衣。姉の大町と一緒に宮中に上がる

在原業平――阿保《あぼ》親王の五男。母は桓武天皇の皇女

藤原良房――仁明天皇の信任が厚い中納言。妻は仁明天皇の妹

仁明天皇――時の天皇

良岑宗貞《よしみねのむねさだ》――桓武天皇の孫

恒貞親王――皇太子。父系では仁明天皇の従弟。母は仁明天皇の妹

道康親王――仁明天皇の第一皇子、かつ良房の甥

紀種子《きのたねこ》――仁明天皇の更衣で、第七皇子常康親王の母。小町の親友

桜小町　宮中の花

第一章　雪の朝

一

目の前がぼんやりと煙っている。辺り一面、幻のように白く霞《かす》む景色に、小野小町《おののこまち》は目を瞠《みは》った。

「雪が……」

呟《つぶや》いた小町の口から、白い息が漏れる。

暦はすでに春を迎えて、ひと月にもなるというのに、季節外れの雪が降ったのだった。

「春の雪といえば、淡雪でしょうに……」

この日の雪は真冬のような降り方だった。風にあおられた雪が斜めの線条となって、目の前をよぎっていく。

小町の脳裡《のうり》に、これまでに見た多くの雪景色が浮かび上がった。生まれ故郷、出羽国《でわのくに》で何度も見た荒々しい吹雪、上京して小野の里で暮らしていた頃、月明かりの下で銀色《しろがねいろ》に輝いていた雪原――。

だが、宮中に上がってから七年の間、これほど激しい降り方をする雪は見たことがなかった。

「……小町さま」

後ろから遠慮がちな声がかけられた。小町に仕える下働きの少女、梢《こずえ》が小さな体を震わせている。

「外に何かございましたか」

問う声までも震えている。

我に返った小町もまた、急に寒さを覚えた。気がつけば指先も凍りそうな寒さだというのに、どうして今まで平気でいられたのだろう。

小町は急いで板戸の蔀《しとみ》を閉めた。外の冷気が遮られ、小町と梢のいる局《つぼね》（部屋）に少しずつ温《ぬく》もりが溜《た》まり始める。

「ぼんやりしていたわ、ごめんなさいね」

小町が謝ると、縫物をしていた梢は申し訳なさそうに「よろしかったのですか」と問い返した。

「ええ。ちょっと雪景色を見て、昔を思い出していただけ」

小町は近くに置かれていた火桶《ひおけ》に手をかざしながら、「そなたも近くへいらっしゃい」と梢に声をかけた。

「ありがたいことでございます」

と、手にしていた縫物ごと、梢は少し火桶に身を寄せ、

「故郷を懐かしんでいらっしゃったのですか」

と、小町に尋ねた。

「そうね。故郷も懐かしいけれど……」

小町は思いを遠くに馳《は》せるような眼差《まなざ》しをした。吸い込まれるような澄んだ瞳がうっすらと煙《けぶ》ったようになる。それを見ていた梢はふと不安になり、「小町さま」と呼びかけようとした。が、それより一瞬早く、

「今日の雪はきっと深く積もるでしょうね。やんだ後の雪景色は、とても見ごたえのあるものになりそうよ」

と、小町が明るい笑顔で言った。曇りのない瞳は、晴れた夜空のような射干玉《ぬばたま》の輝きを放っている。

小町が故郷以外の何に心を捕らわれていたのか、梢は聞くことができなかった。

翌朝の空は昨日から一転、すっかり晴れ渡っていた。春の陽光が一面の雪に降り注ぎ、その表面をきらきらと輝かせている。まるで雪上に金銀の欠片《かけら》を撒《ま》いたような光景に、

小町は目を細めた。

しばらくの間、渡殿《わたどの》で立ち止まって庭の雪景色に見とれていると、片側から衣擦《きぬず》れの音がする。

そちらへ目を向けると、浅紫の装束《しょうぞく》に身を固めた壮年の男が小町をじっと見据えながら、近付いてくるところだった。

「桜にはまだ早いと思っていたが……」

男は小町から目をそらさずに言った。

「ここには我が物顔に咲き誇る桜の樹《き》があるようだ」

「これは、藤原中納言《ふじわらのちゆうなごん》さま。ごきげんよう」

小町は男に軽く頭を下げて挨拶した。

男は藤原良房《よしふさ》といい、まだ四十歳にならぬ身で中納言の重職に就いている。藤原氏の中でも特に力を持つ北家《ほっけ》の出であることに加え、仁明《にんみよう》天皇の信任が厚いことによる出世の速さであった。

「雪の原に凜《りん》と立つ桜の花も、見ごたえがある」

良房は小町の前までやって来ると、その顔を見下ろしながら言った。不躾《ぶしつけ》な眼差しだった。

宮中の女官というものは、男たちの好奇な眼差しに慣れているものである。それでも、間近でこれほど図々しい眼差しにさらされれば、たいていの女は扇で顔を覆ってしまうことだろう。しかし、小町は扇を取り出すこともせず、良房から目をそらすこともなく、じっとその顔を見上げて微笑《ほほえ》んだ。

「生憎《あいにく》と、わたくしには桜の花が見えませんわ」

「残念だが、鏡は持ち合わせていないのでね。ならば、私の目をのぞいてみなさい。世にも美しい桜の花が映っているはずだ」

そう言うなり、良房は小町の左の袖に手をかけた。十二単《じゅうにひとえ》の袖は何枚も着重ねているので分厚い。それなのに、男の手の力は小町の腕に伝わってきた。そのまま、少しばかり引き寄せられる。二人の顔の距離はそれまで以上に縮まった。

「お放しください」

小町は静かな声で告げた。

「女官は主上《おかみ》（天皇）にお仕えする女。そのわたくしにかようなお振る舞い、主上への無礼とお思いになりませんの？」

「無論、そなたが主上の女であるなら、とんでもないことだ。私とて、さような無謀はすまい。されど、そなたは主上の女人《にょにん》ではあるまい」

良房は小町の袖をつかんだまま告げた。

「確かに、わたくしは主上のお子をお産みしてはおりません。けれど、わたくしが主上の女でないという証《あかし》を、あなたさまがつかんでいるわけでもないでしょう？」

「さて。そなたを主上の女人だと言う者も確かにいる。しかし、実は違うと言う者も多い。第一、そなた自身が、私は確かに主上のご寵愛《ちょうあい》を受けた身だと公《おおやけ》にするわけでもない」

　つまり、そなたは謎に包まれているのだと、良房はどことなく楽しげな口ぶりで言った。

「謎多き女とは面白きもの。わたくしにまつわる話をお聞きになった主上が、その謎の答えを誰にも明かしてはならぬ、と仰せになられましたので」

「ほう、主上もたいそうお人が悪い。そなたの美貌に目がくらみ、翻弄される男たちを御覧になって、楽しんでおられるというわけか」

「至尊《しそん》の位に就かれたお方には、許されることですわ。そうお思いになりませんこと？」

　小町は瞬《まばた》き一つせず、じっと良房の目を見つめた。その両の瞳には確かに自分の姿が映っている。宮中の実力者を前に恐れも怯《ひる》みもせぬ、かわいげのない女の姿が――。

　ややあって、良房は小町の袖を放した。が、その目は小町の顔からそらさぬまま、話し続けた。

「謎の答えは知りようもない。ゆえに、そなた自身が主上の女人だと言うのであれば、私はあきらめざるを得ない。しかし、そうでないのならば――」

良房は一度口を閉ざした後、ひと呼吸置いてから、おもむろに口を開いた。

「私は我が信念に従うのみ。ゆえに何度でも言おう。主上ではなく、この良房の女人になりなさい」

良房自身が言う通り、この言葉を小町が聞くのは初めてではない。小町は少しも驚かず、落ち着いた声で訊《き》き返した。

「前にあなたさまはこうおっしゃいました。恋人になるといってもうわべだけのこと。わたくしたちは恋人として振る舞うが、まことに男女の仲になるわけではない、と――。そのお言葉は今も変わらないのでしょう？」

良房はその通りだとうなずいた。

「私は宮中一の美女を手に入れたという栄誉を得られ、そなたはこの良房の恋人として大きな顔ができる。私は帝の第一皇子たる道康《みちやす》親王さまの伯父。その後ろ盾は決して軽いものではないはずだ。もはや誰もそなたの陰口を叩《たた》いたりしなくなる」

確かに、帝のお手付きかどうかはっきりしない小町の後宮での立場は、中途半端なものだった。かつて受けたようなひどい虐《いじ》めはさすがにないが、陰口を叩かれたり、無視されたりはしょっちゅうある。

しかし、仁明天皇の信頼厚く、次の東宮《とうぐう》（皇太子）位はほぼ確実とされる道康親王の外伯父を恋人とすれば、そうしたものは完全に影をひそめるだろう。

だから、自分たちが手を結ぶのは互いの利となるはずだ、という良房の言葉に嘘《うそ》はない。

「相変わらず、意気地のないお方ですこと」

小町は嫣然《えんぜん》と微笑んだ。

「わたくしに手を出すのがそんなに怖いのですか」

「そなたが怖いわけではない」

良房は少し不機嫌そうな声で言い返した。

「私が世間でどう言われているかも知っている。良房は正妻が怖くて、妾《めかけ》の一人も作れぬ意気地なしだ、とな。しかし、私は妻が怖いわけではないのだ。妻ではなく、妻の父君、上皇《じょうこう》さまのお怒りを買うわけにはいかぬと思うだけのこと」

「致し方ありませんわ。臣下の身でありながら、皇女さまを娶《めと》るという栄誉を授かったのですから」

良房が上皇さまと言うのは、仁明天皇の父、嵯峨《さが》上皇のことである。天皇家において隠然たる力を持ち、皇位継承や人事面に今なお、我が意を通すことがあった。

そして、良房の正妻は、この嵯峨上皇の娘、源　潔姫《みなもとのきよひめ》である。潔姫は源氏の姓を授かり、臣籍《しんせき》に降《くだ》っていたとはいえ、まぎれもない皇女であった。

皇女が皇族以外の男を夫に持つことはこれまでになく、良房と潔姫の婚礼は異例のことであった。それだけ嵯峨上皇の良房への信頼と期待が大きかった証であり、この婚姻により良房の将来は約束されたのである。

「私は妻を頂戴した時、上皇さまでも妻でもなく、私自身に誓った。妻以外の女を持つまい、と。妻に子ができなくとも、どんな美女が私の前に現れようとも、女は妻一人でよい。その代わり、皇女の夫にふさわしい力を手に入れてみせる、と――」

「分かりますわ。あなたさまは、ご自分に誓ったことは必ず成し遂げられるお方」

だから、あなたさまはあなたさまの道を行かれればよい――と、小町はささやくように告げた。

「ですが、わたくしを巻き込むのはおよしになってくださいませ」

小町は取り出した扇を良房の右腕に触れさせた。そして、扇を動かさぬまま、身をそっと退《ひ》いた。

「あなたさまの後ろ盾がなくとも、わたくしは大事ありませんもの」

「小町」

良房は思わずといった様子で、再び手を差し伸べようとした。しかし、右腕は小町の扇で押さえられている。それに気づき、良房は腹立たしげに扇を払いのけた。

ほほっと笑いながら、小町がさらに後ろへ下がる。と、その時、

「中納言殿」

良房の背後から呼びかける男の声がした。良房は差し伸べかけた手を止め、振り返る。

「阿保《あぼ》親王さま……」

良房は表情を改め、威儀を正した。

二

「では、小町殿。私はこれにて」

阿保親王の手前、他人行儀な挨拶をして、良房は小町から離れて行った。

「ごきげんよう、藤原中納言さま」

小町も良房に合わせた挨拶を返し、これまでまともに言葉を交わしたことのない阿保親王とは、互いに目礼を交わすだけで別れた。

二人が立ち去った渡殿に、小町は一人取り残された。

庭の雪景色は先ほどと変わらぬ姿でそこにある。陽光が雪原の上を躍る姿も変わらないのに、なぜか景色はすっかり色あせて見えた。思わず溜息《ためいき》を吐《つ》きかけた時、

「あれで藤原氏の氏上《うじのかみ》か。度胸のない男だ」

という声がして、小町を驚かせた。そちらに目をやると、先ほど阿保親王が現れた曲

がり角に、背の高い男の姿がある。声の調子が若々しかったが、案の定、男はまだ二十歳前に見えた。

小町が初めて見る若者で、はっとするほど整った顔立ちをしている。口もとに皮肉な笑みを漂わせ、精一杯大人ぶっているのだが、気取ったその様子にも品のよさがあり、良家の子息であることは明らかだった。

「どなたさまですか」

小町は丁寧な口ぶりで尋ねた。しかし、若い男はその問いには答えず、つかつかと小町の前までやって来るなり、

「あなたは更衣《こうい》の小野小町殿ですね」

と、尋ねてきた。

目の前まで迫られると、若者の背の高さがよりはっきりと分かったが、身の丈は六尺（約百八十センチ）ほどもあるのではないだろうか。これほど上背のある男は見たことがない。今はまだ無位だろうが、五位に合わせて浅緋《あさあけ》の朝服《ちようふく》を着ている。それでも目立っているが、これで武官の格好をさせ、弓矢でも背負わせたら、いっそう映えるのではないかと思われる体格であった。

「わたくしをご存じのようですけれど、お会いしたことはございませんよね」

小町は訊き返した。

「もちろんお会いするのは初めてです、小町殿」

男は皮肉っぽくゆがめた口もとに笑みを湛《たた》えて答えた。

「私と前に会っていれば、忘れることなどありますまい」

男は自信に満ちた声で言う。

(何ですって?)

小町は唖然《あぜん》として、まじまじと男を見つめ返した。

今の言葉はどう受け止めればよいのだろう。男は自分の容姿に絶大の自信を持っており、それゆえに他人が自分を忘れるはずがない、と思い込んでいるのか。それとも、この男はとてつもなく高貴な血筋で、その身分と地位を忘れることが無礼に当たるような立場の者なのか。

「お会いするのが初めてなのに、なぜ私があなたのことを知っていたのか。それは、宮中一の美女の名が小野小町だと知っていたからですよ」

「それは、褒め言葉と受け取ってよろしいのでしょうか」

「もちろんですとも。男からの褒め言葉には慣れっこでもございましょうが」

若い男は相変わらず名乗りもしないで、気取った言い草をくり返している。

「いいえ。あなたさまのように褒めてくださる方は、宮中にはおられませんわ」

小町は皮肉で返した。

「そろそろ、あなたさまのお名前をお教えくださってもよろしいのではないかと思いますが……」

「ああ。そうでしたね。私は先ほどここに来た弾正尹《だんじようのいん》の五男で、在原業平《ありわらのなりひら》といいます」

弾正尹とは阿保親王の役職であった。

「阿保親王さまのご子息……」

道理で大きな口を叩くわけだと、その答えに小町は納得した。

阿保親王は仁明天皇の従兄《いとこ》に当たる皇族であり、業平の母もまた伊都内親王《いとないしんのう》という皇族だった。だから、業平は五男であっても、異母兄たちとは格が違う。ならば、この業平は高貴な皇族としての人生を送ってよいはずなのだが、そうはならなかった。

阿保親王の父は平城《へいぜい》上皇であるのだが、かつて弟の嵯峨天皇と対立し、都を平安京から奈良へ戻すべく、乱を起こしたことがあった。そのため、平城上皇の血筋は以後、皇位継承から遠ざけられていたのである。

それならば、皇族であることの利もあまりないと考えたのか、阿保親王は自身の息子たちを臣籍降下させ、「在原姓」を名乗らせたのであった。

（それにしても、あの親王さまのご子息がこんなにもきらびやかな美男子だったなん

て）

小町は阿保親王のどことなく暗い表情を思い浮かべ、意外の感に打たれていた。阿保親王はいつ見ても、平城上皇の子息として生きることに疲れ果てた、という風情を漂わせていたのである。

しかし、業平はまったくあの父親に似ていない。

潑剌《はつらつ》とした若さと鼻につくほどの自信、見事な体軀《たいく》に人目を惹《ひ》きつける美貌を持っている。そして、そんな己の魅力を十分分かっており、遠慮や謙遜が自分に似合わないことも知っている。

これで天皇になるというのなら、そのすべてが人心を掌握するのに役立つだろう。そして、それこそがこの男にふさわしい人生とも見えるのだが、生憎なことにその見込みは絶たれていた。

もともとの出自が皇位とかけ離れていれば、初めから期待もなかろうが、平城上皇の乱さえ起こらなければ——という身分なだけに、内心忸怩《じくじ》たるものがあるのか。それが、この美貌に時折刻まれる皮肉な笑みなのかもしれないと、小町はひそかに思いめぐらした。

「阿保親王さまは藤原中納言さまとお親しいのですか」

取りあえず当たり障りのない話題を、小町は持ちかけた。

これまで阿保親王と良房が一緒にいるところを見たことはなかった。

「さあ、私はよく知りませんね」

こんな会話は面白くも何ともないという調子で、業平は応じた。それでも、会話を投げ出して黙り込むということはなく、さらにしゃべり続ける。

「今日は主上に引き合わせるというので、私も連れて来られました。お二人はこれから、上皇さまのお見舞いに嵯峨の離宮へ行かれるそうですよ。私はご遠慮しましたがね」

上皇さまとは嵯峨上皇のことで、阿保親王には叔父に当たる。

仁明天皇の父として、その治世に目を光らせていた嵯峨上皇の体調が近頃思わしくないとは、小町も聞いていた。

嵯峨上皇から皇女まで賜って出世した良房は、もともと上皇のお気に入りである。しかし、阿保親王は父が嵯峨上皇と対立した経緯《いきさつ》により、これまで上皇とは距離を置いていたのではなかったか。それとも、正妻の子である業平がいよいよ出仕するに当たり、嵯峨上皇に引き立ててもらおうと考えたのか。

「あなたさまは上皇さまのお見舞いに行かなくてよろしいのですか」

小町が念のために尋ねると、

「別にいいのではありませんか」

と、業平はまるで他人事《ひとごと》のように言う。

「父上からも強くは誘われませんでしたし。藤原中納言のごとく、上皇さまの皇女でも賜れるというのなら、まあ、伺ってもいいですけれど」

皇女を妻に欲しいなどと、ふつうなら軽口でも許されぬ発言であったが、業平の立場と美貌がそれを許してしまう。

「あなたさまならば、決してご無理なことではないでしょう」

「そうはいっても、嵯峨の上皇さまのもとに、私に似つかわしい皇女がいるとも思えないですが」

業平はさらに図々しいことを言ってのけた。

「それはまあ、あなたさまとはお年も離れておいでですでしょうし」

「私は皇女より、あなたに興味がある」

業平は一歩、小町に近付いて言った。

「どのような興味をお持ちになってくださったのでしょう」

皇女さまと並べていただけるような立場ではございませんが、と小町は目を伏せて付け加えた。

「あなたの美しさに――などと言っても、つまらぬ男だとあなたに蔑まれるだけでしょうから、そうは申しません。まずは、藤原中納言を袖にしたことに――と申し上げておきましょうか」

「身の程をわきまえぬ女に、興味をお持ちになられたのですね」

「いや、あの人を袖にしたあなたの気持ちは分かる」

業平は訳知り顔で言った。

「何のかのとおっしゃっていたが、要するに妻とその父親が怖いということでしょう。女一人のために出世の道を絶たれるのはまっぴらだ。しかし、妻を恐れて女の一人も口説けぬ男と嗤《わら》われるのも業腹。だから、宮中一の美女を手に入れたと見せかけて、世間の鼻を明かしてやりたい。そのくせ、妻の前では、あれは見せかけなのだと頭を下げる。まったく見下げ果てたお人ですよ」

「最後のお言葉には同意いたしますわ」

「だから、あなたの気持ちは分かる。しかし、袖にした理由が謎だ」

「なぜですの。あの方の小心さに嫌気がさした、それは立派な理由だと思いますけれど」

「それでも、藤原中納言の申し出はあなたにとって魅力のあるものでしょう。だって、あの方はあなたに手を出さない。あなたがあの方を嫌いならば、何の問題もないはずです。あなたは藤原中納言の女のふりをしながら、本当に好きな男と隠れて恋をすればいいのだから。とすれば、あなたの本心はまったく逆ではないのかという話になる。つまり、あなたは本当は……」

長々としゃべり続ける業平の口もとに、小町はそっと扇を寄せた。そして、その口を封じると、自ら口を開いた。

「藤原中納言さまをお慕いしているからこそ、男女の仲にはならないと言われ、女心をたいそう傷つけられた。だから、藤原中納言さまを袖にした、とおっしゃりたいのね?」

「違いますか」

「それに対して、お答えしなければならぬ理由もまたございませんわ」

その言葉に、業平は一瞬、やり込められたかのように顔をしかめた。が、すぐに立ち直ると、

「では、別のことをお伺いしましょう」

と、切り出した。そして、小町に口を差し挟む暇を与えず、

「あなたは主上の女人なのですか」

と、切り込むように尋ねた。

「そのお尋ねにお答えするつもりはございませんけれど、わたくしからも一つ伺ってよろしいでしょうか」

小町は落ち着いた態度のまま訊き返す。

「かまいませんよ。私は理由がないの何のと、返事を拒んだりいたしませんから」

「業平さまはどうお考えなのかしら。わたくしが主上の女人なのか、あるいはそうでないのか」

「宮中最大の謎に対する私の考えを述べよ、とおっしゃるのですね。いいでしょう。私はこう考えています。あなたは主上の女人ではないだろう、と」

「なぜそう考えるのか、その理由も聞かせていただいてよろしいかしら」

「そうですね。ただの勘と言ってしまえばそれだけですが、藤原中納言があなたに手を出さない理由にも通じるかもしれません」

業平はそれまでにない慎重な口ぶりになって言った。

「先ほどは、藤原中納言を、妻に頭が上がらぬ小心者と言いましたが、相手があなただから手を出したくないのかもしれません。つまり、あなたには、男が手を出すのを躊躇《ためら》う何かが備わっている、ということです」

言ってしまってから、業平は小町の顔色をうかがうような目の色を見せた。人によっては怒り出すなり、不快になったりしても、不思議はない発言である。しかし、

「異なことをおっしゃいますこと」

と、小町は怯むことなく微笑んで言い返した。

「わたくしに何が備わっているというのでしょう。手をつけてみたら、恐ろしく妬み深いことが分かって逃げ出したくなるとでも？　それとも、わたくしが殿方の運命を狂わ

せる女だとでも？」

「そういう女は、確かにおりますね」

業平は相変わらず慎重な口ぶりのまま言う。

「分かったふうなお口を利いて。あなたさまがどれほどの恋を経てきたとおっしゃるのでしょう」

小町が業平に目を据えて言うと、業平は急に憤然と言い返した。

「恋の値打ちは数をこなすことですか。よもやそうだとはおっしゃいますまい。どれほど味わい深い思いを知っているか、それで決まるのではありませんか」

若すぎるくらい若い眼差しが、挑むように小町に向けられていた。

「話を元に戻しますが、男を狂わせる女にはふた色ある。本人に悪気はなく、また悪いこともしていないのに、男に不運をもたらす女。片や、その色香で男を狂わせる女。まあ、前者が楊貴妃《ようきひ》、後者が妲己《だつき》といったところでしょうか。どちらにしても、主上が躊躇《ちゅうちょ》なさるのは道理です」

唐の皇帝玄宗《げんそう》を迷わせ、帝国に内乱をもたらした楊貴妃と、殷《いん》王朝を滅ぼす要因を作った魔性の女妲己を引き合いに出して、業平は説明した。どちらも絶世の美女だが、引き合いに出されて嬉《うれ》しくなる例《ためし》ではない。だが、そういうことを平気で口にできる業平の向こう見ずな若さを、小町は嫌いになれなかった。

「では、わたくしはどちらの女なのでございましょう。楊貴妃、それとも妲己？」

「さあ。そればかりは、あなたの男になってみなければ分からないな」

業平はすっかり余裕を取り戻した表情になって答えた。

「私は確かめてみたいと思っています。仮に、それで私の運命が狂わせられるのだとしても、あなたほどの女人に狂わせられるのなら、男として本望ですよ」

自分は良房とは違うのだと言わんばかりの言い草だった。

「あなたさまは今、おいくつですか？」

小町はふと思いついて尋ねてみた。

「十八ですが、それが何か？」

業平の目の中に、少し不貞腐《ふてくさ》れたような色が浮かんでいる。

「恋は味わいだとおっしゃいましたが、あなたさまのお若さでは数はおろか、その味わいをご存じとは思われませんわ」

「では、あなたはその味わいをご存じだと？」

業平が再び挑むような眼差しを向けて訊いた。

「少なくとも、あなたさまよりは齢《よわい》を重ねております」

「ならば、私にその味わいとやらをお教え願えませんか」

小町が予想した通りの言葉を、業平は口にした。

小町は扇を引き寄せると、それを開いて口もとを覆い、先を続ける。

「お若い方の謎解きに付き合って差し上げるほど、わたくし、暇ではございませんの。どうしても知りたいのなら、ご自分のお力で答えを見つけたらいかが。わたくしが主上の女人かどうかも、わたくしが楊貴妃と妲己のどちらなのかも」

業平の両目が鋭く瞬いた。闘志を燃やした男の目は美しかった。

「分かりました」

業平は傲然と言い放つ。

「自力で答えを見つけてみせましょう。もちろん、その方法の一つは、あなたを口説き落として口を割らせるということですが」

業平の言葉に、小町は微笑み、そのまま背を向けた。

去って行く間、男の眼差しを浴びる黒髪が心なしか重く感じられた。

三

業平と別れた小町が局へ向かうと、戸口のところで甲高い声がする。女同士の言い争う声と思われて、小町は急ぎ足になった。

「生憎ですが」

見れば、戸口に立って声高に喚《わめ》いているのは、姉の大町《おおまち》である。大町の話し相手は局の中にいる梢であったが、すでに半べそをかいていた。

「お姉さま」

小町は呼びかけながら姉に近付いた。大町は小町より二つ年上の姉で、二人は同時に宮中へ上がった。以来、七年間、宮中で共に暮らしていたが、それ以前は別々に暮らしており、母も異なる。出羽国で生まれ育った小町と違い、大町は京生まれの京育ちであった。

「何があったのですか」

小町が尋ねると、大町は小町を睨《にら》みつけながら、

「本当にもう、躾《しつけ》がなっていないんだから」

と、叩きつけるように言った。

姉妹ゆえに、姉が「大町」、妹が「小町」という名をそれぞれ賜ったのだが、二人はあまり似ていない。えらの張った大町の顔はどことなくごつく見え、目鼻立ちも繊細さに欠けている。かつ、宮中に上がってからは常に何かに苛立《いらだ》っているせいか、その気疲れが表情にも表れてしまっていた。

その大町の苛立ちを浴びせられるのは、小町と梢の二人であった。小町はもう慣れっこになっていたが、三年前から小町に仕え始めた幼い梢はそうもいかないらしい。

「小町さまっ」

梢は戸口から身を乗り出すようにして叫んだ。

「大町さまが小町さまの行方をお尋ねになったので、私は知らないと申し上げたんです。そうしたら、役立たずとお叱りを受けたばかりか、小町さまは昨晩からお戻りになっていないんじゃないか、と言いがかりを……」

梢が涙を拭き拭き、懸命な面持ちで言う。

「言いがかりですって！」

大町が眉を吊《っ》り上げた。

「小野家に召し使われる分際で、このあたくしに何という口を利くのかしら」

「そのことについては、後でわたくしから梢に言い聞かせますので」

ここはこらえておきなさい、という眼差しを梢に送った後、小町は大町に向き直った。

「わたくしは雪景色を見に行っていただけです。梢にも言い残していきませんでしたので、そのことで叱るのはかわいそうですわ。それから、昨晩のことですが、わたくしはずっと梢と一緒におりました。ですから、お姉さまが何の根拠もなく、先のようなことをおっしゃったのであれば、言いがかりと言われても仕方ないか、と」

「あ、あたくしは姉として妹の身を案じていただけです。よくない男に引っかかりでもして、小野家の恥になったりしては、と――」

小町の落ち着いた返事に、少し気圧《けお》されぎみになりながらも、大町は言い返した。

「お姉さまのご心配はありがたいことでございます。けれど、ご安心を。わたくしはよくない男に引っかかるほど、愚かではございませんので」

「けれども、そなたは夕べから夜更けにかけて、局を空けていることがあるじゃありませんか」

「それは、主上のおそばに招かれた時のことでございましょう。主上は夜を徹して、管《かん》絃《げん》のお遊びをしたり、歌合わせを催したりなさいますが、わたくしも幾度か招かれました。それを悪いことのようにおっしゃってはいけませんわ」

「も、もちろん、主上のなさりように異を唱えるつもりなど、あたくしにはありません」

「では、他に何がご心配なのでございましょう」

小町は柔らかな口調で尋ねた。

「だから、そうやってあなたが局を留守にしている時、本当に主上のもとに伺ったかどうかなんて、分からないでしょう？　そういうふりをして、別の殿方と過ごしていやしないかと、あたくしは姉として……」

「お姉さま」

小町は柔らかな口ぶりのまま、姉の言葉を遮ると、姉の目をじっと見据え、しばらく無言を通した。

　姉は、相手がおとなしくしている間は強気な言動をくり返すが、一転、反撃に出られると弱腰になる。大町が気まずさを覚え始めるまで待ってから、小町はおもむろに口を開いた。

「わたくしは夜も更けてから、主上以外の殿方のおそばに近付いたことなどございません。お姉さまと同じく、わたくしにも、小野家の娘として宮中へ召されたという誇りがございます。ですので、ご安心くださいませ」

「……そういうことなら、いいのだけれど」

　負け惜しみのように大町が呟いたその時、人影が現れた。仁明天皇のそばに仕えている年輩の女官が、こちらへ向かってくる。

「小野小町殿」

　女官は局の前で足を止めると、小町に呼びかけた。

「はい。何でございましょうか」

　小町が目を伏せて応じると、

「主上がお呼びでございますゆえ、すぐに清涼殿《せいりようでん》へお上がりくださいませ」

と、言う。それを聞くなり、梢の顔にぱっと明かりが灯《とも》った。

「かしこまりました。ただちに用意をして参上いたします」

小町の返事を聞き、女官は引き返して行った。

帝の御前へ上がるには、「唐衣《からぎぬ》」をいちばん上に羽織り、腰から下には「裳《も》」と呼ばれる襞《ひだ》状の着衣を着けなければならない。

「小町さま、急いでお仕度を」

梢がうきうきした声で言った。当然、大町に聞かせるつもりで言っている。

大町は鬼のような形相になると、十二単の裾を翻し、足音を立てて隣の局へ帰って行った。

「あまりお姉さまをあおらないように」

小町が釘《くぎ》を刺すと、梢はばれちゃったかというように、首をすくめて笑ってみせた。涙顔を見せられるよりはいいだろう。小町も笑い返し、急いで清涼殿へ上がる仕度に取りかかった。

清涼殿とは、宮中の中で天皇が常の居所とする一角であり、行事などがない限り、天皇はそこにいることが多い。

政務も食事も就寝もそこで行われ、昼は臣下たちがそこへ詰め寄せ、夜は名指しされた女人が寝所へと上がる。宴《うたげ》などが催される夜であれば、大勢の臣下や後宮の女人たちが招かれることもあった。

後宮の女人というのはさまざまで、初めから天皇の妻となるべく入内《じゆだい》する女人もいれば、女官として宮中へ上がり、お手付きになる者もいた。また、お手付きでない女人も数多く仕えており、その中には夫を持つ者も少なくない。

天皇の妻となるべく入内した女人は、高貴な家柄の出身である。皇族の内親王や女王《によおう》であったり、藤原氏の娘などで、彼女たちは初めから後宮の御殿を賜り、小町のような女官とは別格だった。彼女たちは「女御《にようご》」という位を賜ることが多く、その中から選ばれて后《きさき》となる者もいる。

今上《きんじよう》、仁明天皇にも女御は幾人か仕えていたが、藤原氏出身の女人は多く、その中で最も力を持っているのが第一皇子道康親王の母である藤原順子《のぶこ》であった。あの藤原良房の妹に当たる。

小町は清涼殿に到着すると、案内役の女官に連れられ、天皇の御座所《ござしよ》へと向かった。

ところが、向かう先は室内の奥の方ではなく、庭に面した廂《ひさし》と呼ばれる場所であった。

そこに仁明天皇は立ち、雪景色を眺めていた。

「おお、参ったか」

小町の姿を認めるなり、帝は目を向けて破顔した。

「お召しにより参上いたしました」

御用の向きは――と問う小町の眼差しに対し、

「そなたと共に、この雪景色を眺めようと思うてな」

と、帝は微笑んだ。

「嬉しゅうございます、主上」

小町は帝の傍らに進み、その横に立って微笑み返す。

「先ほど、渡殿より雪景色を一人で眺めつつ、思いにふけっておりましたの」

「ほう、誰を思っていたのか、ぜひとも聞かせてもらいたいものだな」

帝は軽口を叩くような調子で笑いながら尋ねた。

「それはもちろん、主上の御事《おんこと》でございます」

小町は優美な微笑を浮かべて返事をした。

「主上は今、どなたとこの雪景色を眺めていらっしゃるのだろうか、と」

「ほう」

「そして、しみじみと美しい一首の歌を思い浮かべました」

「聞かせてもらおうか」


わが背子《せこ》と二人見ませばいくばくか　この降る雪の嬉しからまし

小町が歌を口ずさむと、帝は深々とうなずいた。

「なるほど。光明《こうみよう》皇后が聖武《しょうむ》天皇を想《おも》って詠んだと言われる歌だな。確か『万葉集《まんようしゆう》』にも入っていた」

「さようでございます。愛しい背《せ》の君《きみ》と二人で眺めたならば、この雪景色もどれほど嬉しかったことでしょうに——とはつまり、この歌をお詠みになった時、聖武の帝はご一緒ではいらっしゃらなかった。おそれ多いことですが、我が身の寂しさと照らし合わされまして」

「申しておくが、今朝になって、朕《ちん》が最初に招いた女はそなただ」

「わたくしに言い訳などなさらずとも。ですが、主上が先ほどまでお会いしていたのがどなたかは存じております」

「そうか」

どうして分かるのかと、帝が問いただすような眼差しを小町に向けた。

「渡殿でそのお三方と鉢合わせましたので。阿保親王さまと藤原中納言、それに在原業平と名乗るお若い方」

「業平とも会ったのだな。業平は美しい男であったろう」

「はい。確かにきらびやかなお方でございました。あのご容姿ではさぞや人の耳目を集めることでございましょう」

「そなたが彼らから何を言われたか、気にならぬわけでもない。一人で雪景色を眺めているような時、言われた言葉によっては、心が大きく揺さぶられるものであろう」

帝の問いかけに、「いいえ」と小町はゆっくり頭《かぶり》を振った。

「何を言われたところで、心は動きませんわ。どんな言葉も、お慕いするお方から言われてこそ、天にも昇る喜びにもなれば、地に沈むほどの悲しみにもなるのでございますから」

「では、良房や業平から何を言われても動じなかった、と――？」

「お一方は北《きた》の方《かた》（正妻）しかお目に入らぬ堅物で、もうお一方は子供ではありませんか」

小町が言い放った言葉に、帝は朗らかな声を立てて笑い出した。

「良房も業平も、そなたにかかっては形無しだな」

帝の明るい笑い声が静かな庭を埋め尽くした雪に吸い込まれていく。小町は目の前の景色に目をやり、陽光を浴びてきらめく白雪に目を細めた。

「実は、そなたに雪の歌を作ってもらおうかと思ったのだが、光明皇后のお歌を聞いてしまったゆえ、それはまたの機会にとっておくことにしようと思う」

「かたじけのう存じます。あのお歌を口ずさんだ後では、どんな歌をお作りしても聞き苦しくなってしまいますので」

「その代わり、というわけではないが」

帝はそこでいったん言葉を閉ざすと、小町をじっと見つめた。小町もまた、雪景色から目を帝へ戻した。

「季節外れの雪の後は、桜が咲き始めることだろう。花の宴《はなのえん》を催すゆえ、そなたにはその席で桜の歌を作ってもらいたい」

「桜の歌を——?」

「さよう。花の歌は『万葉集』にも数多くあるが、春の花といえば梅を詠むことが多かった。だが、朕は桜が好きだ。そなたも存じておろう」

御所の紫宸殿《ししんでん》の前には玉座から見て左に桜、右に橘《たちばな》の樹が植えられている。左近《さこん》の桜、右近《うこん》の橘と呼ばれるようになっていたが、もともと左手に植えられていたのは桜ではなく梅だった。それを桜に替えさせたのは仁明天皇自身である。

「そなたには、可憐《かれん》な梅より、優美で華やかな桜が似合う」

唐突に帝は言った。桜が好きだと言いながら、その言葉はそのまま、桜の似合う小町への好意と受け取られる言葉であった。

「可憐な花を嫌う人はおりません。けれども、華やかすぎる花は落ち着かないと背を向ける人もおりましょう」

「それでも、朕は桜が好きだ」

もう一度、小町の目をじっと見つめながら、帝は告げた。

「それだけでは不服か」

帝の目の奥がかすかに揺らぐ。寂しい目の色だった。小町は静かに目を伏せ、口を開いた。

「滅相もございません。それだけで、わたくしは満たされますもの」

「では、桜の歌を詠んでくれるな。朕ばかりでなく、宮中の皆を酔わせるほどに見事な歌を――」

「主上の仰せでございましたら、わたくしのすべてを懸けて」

小町は顔を伏せたまま、真剣な声で答えた。

必ずや優れた歌を詠まねばならない。この世で最も優れた桜の一首を――。

（このお方のお優しさに応《こた》えるために……）

小町はそっと目を閉じ、胸に誓った。

第二章　宮仕えの心得

一

帝に仕える女人たち――帝の妻として扱われる女人も、職をもって奉じる女官も、その多くは後宮に該当する「七殿五舎《しちでんごしゃ》」で暮らしている。

弘徽殿《こきでん》のように、下に「殿」のつく御殿が七つ、淑景舎《しげいしゃ》のごとく、下に「舎」のつく御殿が五つ。

五舎にはそれぞれの庭に植えられた木の名を採った別名もあり、たとえば淑景舎は「桐壺《きりつぼ》」とも呼ばれている。

小町はこの淑景舎に、「更衣」という身分で暮らしていた。

更衣とは、帝のご衣裳《いしよう》のお世話をする女官のことで、他にも何人か同じ職の女人たちがいる。小町の姉の大町もその一人であり、小町が後宮で最も親しくしている紀種子《きのたねこ》という女人もそうだった。

桜の開花が待たれる春のある日、小町に仕える梢はこの紀種子のもとへ、託された文を届けるべく渡殿を足早に歩いていた。

「あら、小野小町さまにお仕えする梢じゃない？」

途中、同い年くらいの少女たちが三人、固まって歩いてくるのとすれ違った。梢も相手の顔は知っている。別の更衣に仕えている少女たちだ。

嫌な人たちに出くわしたと思ったが、生憎、渡殿の橋の真ん中で避けることはできなかった。目を合わせずに通り過ぎようと思ったが、

「ちょっと待ちなさいよ」

と、着ていた汗衫《かざみ》の裾を踏みつけられた。

「何するのよ」

梢も負けてはいない。強気に言い返し、着物をぐいと引っ張ったが、相手はよほど足に力を入れているらしく、それを払いのけることはできなかった。

「あら、この子、何か持ってるわよ」

梢が着物の裾に気を取られている隙に、別の少女が梢の持っていた文を取り上げた。それは、小町の計らいでごぎょうの茎に結び付けられている。

「ねえ、この花、ごぎょうじゃない？」

少女たちは明るい黄色の花を見て言い合った。

「本当だわ。ごぎょうって別名を『母子草《ははこぐさ》』ともいうのよね」

「母子草なんて、小町さまにはぜんぜんお似合いじゃないわよねえ。だって、母君にもなってないんだし。男と見ればなびく女郎花《おみなえし》の方がお似合いなんじゃないかしら」

「女郎花は秋の七草でしょ」

ごぎょうも女郎花も黄色い花を咲かせる草花だが、ごぎょうは春の七草、女郎花は秋の七草である。そう言い返して、梢は文を取り返そうとしたのだが、裾を踏みつけられているので思うように動けない。文を持つ少女は甲高い笑い声を上げながら、ひょいと後ろへ跳び退《の》いた。

「だーかーらー、今の季節に女郎花が咲いてないからって、母子草はないって言ってるのよ」

語尾を嫌みなふうに伸ばしながら、文を奪った少女は言った。

「小町さまがいただいた御文じゃなくて、お贈りする御文なの。紀更衣《きのこうい》さまにお渡しするものなんだから返してちょうだい」

梢の口から「紀更衣」の名が出た途端、少女たちの表情が怯んだふうになった。

「へ、へえ。紀更衣さまに――？」

「紀更衣さまは主上のお子さまを二人もお産みになられたお方だから、母子草がお似合いでないことはないわよねえ」

少女たちはきまり悪そうに言い合うと、奪った文を梢に返した。

「あたしたち、紀更衣さまのことをどうこう言ったわけじゃありませんからね」

「いいこと？　紀更衣さまに余計な告げ口したりしないでよね」

「そんなことしたら、お前のこと、宮中から追い出してやるから」

三人の少女たちはそれぞれ、不愉快極まる言葉を吐きつつ、梢のそばを離れていった。

梢は怒りの余り、その場からしばらく動き出すことができなかった。

手あたり次第、物でも投げつけてやりたい気分だったが、生憎と持っているのは小町から預かった大切な文だけ。これを投げつけるわけにはいかない。

それでも腹立ちが収まらず、梢はその場で地団駄を踏んだ。

「おやおや、これははしたない」

笑いを含んだ男の声が前方から聞こえてきて、梢ははっとなった。

曲がり角から背の高い人影がすっと現れ、こちらへ向かってくる。

地団駄を踏んだのを見られてしまった。自分の正体も知られているのか。先ほどの少女たちとのやり取りも見られてしまったのだろうか。頭が真っ白になった梢の目の前まで、男はいつの間にやら迫ってきていた。

これほど背の高い男は見たことがない。空を仰ぐように顔を上げた梢は、今度は男の顔立ちのあまりの整いぶりにぽかんとなった。

「そなた、小野小町殿に仕える女童《めのわらわ》だな」

男は事態を面白がっているような調子で尋ねた。梢は男の顔に見とれたまま返事もできなかった。

「さっきの話が聞こえてしまってね。いや、そなたと一緒にいた女童たちの声が大きかったものだから」

男はそう説明したが、それでも梢が返事をしなかったせいか、「そなた、大事無いか」と今度は心配そうな表情になって尋ねた。

「あ、はい。大事ございません」

ようやく我に返って、梢は慌てて返事をした。

「まあ、あんな当てこすりは聞き流すことだ。母子草が似合わない女？　けっこうではないか。男は誰でも母子草より女郎花の方を好むものだ」

「あの、あなたさまは……？」

「ああ。私は在原業平という。小町殿に恋をした哀れな男だ。ここでそなたと知り合えたのもまさに縁。これから私が小町殿に文を送る時、そなたは届け役となってくれるね」

在原業平はもう決まったことのように言った。その美しい顔を近付けて言われると、ついうなずいてしまいそうになるのだが、梢は自制心をかき集めて首を横に振った。

「無理でございます。だって、小町さまは主上にお仕えしていらっしゃるのですから」

「主上にお仕えしているからといって、主上のお手付きかどうかは分からないだろう？」

「小町さまはお手付きではないということですか？」

梢は目を瞠って、業平を見つめ返した。

「お子を産んではいない」

「それは、まだ授からないというだけで……。紀更衣さまほどのご運の強さはありじゃないのでしょうけれど」

梢は唇を嚙《か》み締めた。先ほどの意地悪な少女たちからからかわれた時は、ただ怒りを覚えただけだが、今は物悲しさが梢の胸に迫っていた。

小町ほど美しい女人はこの世にいないように、梢の目には見える。それは梢の贔屓目《ひいきめ》ではなく、そのように言う者も大勢いた。帝のお子を産んだ紀種子と比べてみても、小町の方が断然美しい。もちろん種子の器量が悪いわけではなく、小町が美しすぎるのだ。

しかし、どちらが後宮での幸いを手に入れたかといえば、明らかに種子の方であった。中流の家に生まれ、宮中に上がった女にとって、帝のお子を産むという以上の幸いはない。皇子を一人、皇女を一人産み、今もなお、仁明天皇の寵愛を受け続けている種子は、まさに女官の理想と言ってよい人生を送っている。

（どうして、お美しい小町さまが主上のお子をお産みになれず、あんな子たちから侮られなくちゃいけないの？）

そう思うと、今度は悔しくてたまらなくなり、梢はうつむいてしゃくりあげた。

「おいおい」

業平は困惑した声を上げた。

「こんなところで泣かれても困る。まるで私が泣かせたみたいではないか」

しかし、業平の困っている声を聞けば聞くほど、梢の泣き声もつられたように高まっていく。梢自身にもどうすることもできなかった。

「おや、人が来る」

業平は人の気配を察するや、「では、文の件はまた改めて」と勝手なことを言い、さっさと引き返した。梢のいる渡殿の橋を渡り切ったところで、廊下は左右に分かれており、業平が消えたのと反対の左側から、ゆっくり歩いてくる男の姿がある。

その男は業平の方へ目を向けていたようだが、やがて梢に気づくと、渡殿の橋へと向かってきた。相手が暗がりにいる間はよく見えなかったが、橋へ差しかかった時、その顔がはっきりと見えた。

「良岑《よしみね》さま」

すでに泣きやんでいた梢は、急いで涙の跡を拭き、相手の男に頭を下げた。

男は良岑宗貞《むねさだ》という高貴な人物であり、小町とも付き合いがある。小町の言葉によれば、宗貞は和歌を得意とし、お互いに歌を作っては見せ合うような仲らしい。何度か文使いをさせられたこともあり、宗貞の方も梢の顔を見覚えていたようであった。

「そなたは、小野小町殿のところの……」

宗貞は梢の前まで来ると、深みのあるやや低い声で尋ねた。

「は、はい。さようにございます」

とても穏やかで優しい人だと知っているのに、宗貞を前にすると、いつも梢は緊張してしまう。高貴な身分の人だからというだけでなく、どこかふつうの人とは違うような気がするのだ。俗っぽさが著しく欠けているというか、泣いたり怒ったりする姿が想像できないというか、まるで仙人か聖《ひじり》でも相手にしているような気がする。自分の醜さを見抜かれているようで、何となく気まずい。

「たった今、ここから人が去って行くのが見えたが、在原業平殿のようにお見受けした。違ったかな」

宗貞は梢のような者にまで、丁寧な優しい物言いでしゃべる。

「は、はい。その通りでございます」

業平だと気づかれていたのなら隠し立てしても仕方ないと思い、梢は緊張したまま答えた。

「何やら揉《も》めていたようだが」

「いえ、そんなことはありません」

「しかし、そなたは泣いていたと見える」

「えっと、それは……」

このまま黙っていれば、業平が梢を泣かせたかのように、宗貞は勘違いしてしまいそうだ。業平はそれを避けたくて、急いで立ち去ったと思われるのに、それではあまりに気の毒である。それで、

「在原さまは私を慰めてくださっていたんです。そのう、余所《よそ》のお方にお仕えする女童たちから、ちょっと意地悪をされましたので」

と、梢は答えておいた。意地悪をされたから泣いたわけではなかったが、これで宗貞は納得してくれるだろう。

梢の返事を聞くと、宗貞は少し困ったふうな表情を浮かべ、それ以上涙の理由について問おうとしなかった。

「見れば、そなたは文使いの途中のようだが、どこへ行くところだったのかな」

「紀更衣さまのところへ……」

「そうか。私も紀更衣殿のお局へ、七宮《しちのみや》さまを訪ねて行くところなのだ。では、共に参ろうか」

宗貞は柔らかな微笑を浮かべて言う。

「私のような者が良岑さまとご一緒にだなんて」

梢は恐縮したが、「そなたは小野小町殿の代わりなのだから、別段気にすることはない」と宗貞が言うので、それ以上は断り切れず、宗貞の少し後ろをついて行くことにした。

宗貞はその間、梢を相手に差し障りのないことを語り続けた。

七宮とは種子が産んだ仁明天皇の第七皇子、常康《つねやす》親王のことである。まだ十歳にもならぬ幼さなのだが、たいそう聡明であるということは、梢も耳にしていた。

仁明天皇は常康親王の賢さをさらに伸ばそうと考えたのか、宗貞に学問を教えるよう頼んだのだという。そこで、宗貞は時折、常康のもとを訪ね、漢詩や和歌の作り方などを指導しているということであった。

宗貞の声は少し低いのだが聞き取りにくくはなく、しみじみと落ち着いている。梢は宗貞の声をうっとりとした心地で聞きながら、

(さすがは、宮中一優美な殿方と言われるお人だわ)

と、ひそかに思っていた。

宗貞は二十代後半ほどで、浮いた噂《うわさ》も特にない。業平のようなきらびやかさはなかったが、顔立ちにも佇《たたず》まいにも気品があり、宮中の女たちの間で特に評判がよかった。宗

貞の目に留まることを望む女も多かったが、そういう誘いにうかうかと乗ることもなく、堅い人柄だという。

(でも、その良岑さまが小町さまとは親しくしてらして、私にまでこうしてご親切にしてくださる)

そう思うと、何とも晴れがましい心地がして、先ほどの悔しさも消えてなくなる心地がした。

梢は宗貞の声をよく聞こうと、自分でも気づかぬうちにその隣を歩いていた。そして、その整った横顔を夢心地で見つめているうち、ふと妙なことに気がついた。

(あら、良岑さまって、何となく在原さまに似ておられるような……)

雰囲気はまるで違う。業平がまぶしい夏の陽射《ひざ》しなら、宗貞は清《さや》かな秋の月光、業平が曙《あけぼの》の空なら、宗貞はさしずめ夕映えの空といったところ。こんなふうに正反対の二人なのに、まるで一枚の紙の表と裏を見ているような心地がするのはなぜなのだろう。

「何か気になることでも?」

あまりにじっと見つめていたせいか、宗貞から怪訝《けげん》そうに問いただされてしまった。

「い、いいえ、何でもございません」

梢は慌てて目をそらしたが、それ以上ごまかす必要はなかった。幸い、紀種子の局が目の前に迫っていたからである。

二

紀種子の局へ迎え入れられた後は、良岑宗貞はすぐに常康親王の居所へと案内されたため、梢とは離れ離れになってしまった。梢は種子のもとへ案内され、小町からの文を無事に渡すことができた。

「あら、ごぎょうの花ね。愛らしいこと」

頬をほころばせる種子の顔に、明るい黄色の花が照り映えて見える。

小町のどこか清冽《せいれつ》ささえ感じさせる美貌には敵《かな》わないが、種子の醸し出す温かな風情に、殿方は惹かれるのだろうなと、まだ恋を知らぬ梢にも何となく分かった。

種子は小町からの文をその場で開き、目を通していたが、

「小町殿は花の宴で、桜の歌を披露することになったのですね」

と、晴れやかな声を上げげた。桜の歌の一件は梢も聞いていたので、小さくうなずいた。

「小町殿ならば、これまでにないすばらしいお歌を作ってくださることでしょう」

種子は曇りのない声で言い、「ぜひ励ましのお返事を書かなくては」と呟くなり、少し待っているよう梢に告げた。

種子が奥へ入ってしまうと、女房がすかさず白湯《さゆ》と餅菓子を持ってきてくれる。ほの

かに甘い菓子を食べ、梢がいい気分になったところへ、種子が文を用意して戻って来た。事前に用意してあったのか、紅梅の枝に結び付けられている。

「確かにお預かりいたします」

梢は返事の文を受け取り、種子の局を辞した。

漢詩と思《おぼ》しき句を読み上げる良岑宗貞の声が、朗々たる響きをもって局の外まで聞こえている。それが遠のいていくのを少し寂しく思いながら、梢はゆっくりと足を運んだ。

紀種子からの返事を受け取り、それに目を通した後、

「いったい、何があったの?」

と、小町は梢に尋ねた。すると、梢は慌てた様子で手を目の下に持っていく。涙の跡が残っていたかと思ったようだが、実は涙の跡など残っていなかった。しかし、目を見れば泣いたことくらいは分かる。

梢は三年前から小町に仕え始め、この年で十二歳。まだ少女ではあるが、この先も宮中で暮らしていくつもりなら、それなりの心構えが要る。何かある度に泣いているようでは、どんな立場であれ、この宮中で暮らしていくことなどできないのだ。

「別に、これといって、お伝えしなければならないことはありませんけど……」

などと、初めはごまかしていたが、とにかく話してみるように告げると、渋々ながら

梢は語り出した。

女童たちとのやり取りから、業平、次いで宗貞と出くわした話をすべて聞き終えると、

「そんなことで泣いたりしたの？」

と、小町はあきれて呟いた。

「私、虐められて泣いたんじゃありません」

誤解されたと思ったらしい梢はむきになって言い返した。

「あの子たちから何を言われたって、平気なんです。でも、業平さまとお話ししているうち、どうして紀更衣さまにはお子がおられるのに、小町さまにはお子がおられないんだろうって思ったら、何だか悲しくなって……」

「だから、そんなこと、と言ったのですよ。泣くようなことではないでしょう？」

「でも、紀更衣さまのもとには皇子さまがいらっしゃって、そのせいで、紀更衣さまは皆から敬われていらっしゃいます。あの憎らしい女童たちだって、紀更衣さまのことは悪く言わないし」

「それは当たり前よ。主上のご寵愛を受け、皇子さまをお産みになった方を敬うのは礼儀に適っています」

「ですけれど、お子を授かるかどうかなんて、ただの運じゃありませんか。小町さまだって、主上のご寵愛を受けていらっしゃるのに、私、悔しくて。あ、それに業平さまな

んて、小町さまはお子を産んでいないから、ご寵愛を受けているかどうか分からない、なんておっしゃるし」

憤然と言う梢に、小町は微笑んだ。

「いいのよ、それで。だって、わたくしが主上の女人かどうかは、この宮中の謎なんですもの」

「え？　でも、小町さまは主上から何度もお招きされていらっしゃるのに」

「それでも、閨《ねや》の中のことまでは誰も知りようがないわ。もちろん、お子という絆《きずな》を授かれば、動かしようのない事実になるけれど、そうではないから謎のままなのよ」

「ならば、本当のところはどうなんですか。小町さまは本当は……」

「それは、梢にも明かせないわ」

小町は微笑みながら首を横に振った。

「どうしてですか」

梢は少し傷ついた表情になって訊き返す。

「だって、主上がその答えは誰にも明かしてはいけないとおっしゃったから」

そう言われると、言葉の返しようもなく、梢は黙り込んだ。

「梢」

小町は優しく少女の名を呼んだ。

「わたくしに仕えるせいで、そなたまでつらい目に遭わせることになってしまい、申し訳なく思っているわ」

「私、つらいなんてまったく思ってません。人からつらく当たられることなんて、私は本当にぜんぜん平気なんです。ただ、小町さまが悪く言われたり、誤解されたりすることが悔しくて」

「そなたに一つ訊くわ。この宮中で暮らしていくのに必要なことは何だと思う？」

小町が不意に尋ねると、梢は真剣な表情になった。

「それは……余計な口を利かないということでしょうか」

少し自信がなさそうに述べた梢の返事に、小町は大きくうなずいた。

「見聞きしたことを誰彼なしにしゃべってしまうのは、いちばんいけないことだわ。時には憶測も混ぜてしゃべる人がいるけれど、そういう人は宮仕えに最も向いていない。でもね、しゃべらないことより難しいのは、何があっても動じないでいることなの」

「何があっても動じない……？」

「そう。虐められても動じない。悪口を言われても動じない。政《まつりごと》の大きな変化があって、昨日まで重々しく扱われていたり、親しくしていた人が、明日罪人に落とされても動じない」

「罪人だなんて……。そんなことが今でもまだ起こり得るのですか」

梢は不安そうな表情を浮かべて訊き返した。「今でもまだ」と言うからには、昔の宮中がそういう不穏な場所であったということは、それなりに知っているようである。

「確かに、私も宮中へ上がってから、大きな政の変化に出くわしたことはないわ。でも、謀反の企みが発覚したり、東宮さまが廃されたりということは、ほんの少し前までは頻繁に起こっていたのよ」

桓武《かんむ》天皇の二人の弟は廃太子《はいたいし》となり、一人は毒死、一人は抗議の干死《ひじ》に（餓死）という悲惨な形で亡くなったと言われている。また、その後、桓武天皇の子息の代において、皇位継承をめぐる乱も起こっていた。

「そなたが先ほどお会いした在原業平さまのお血筋は、そういうことに無縁ではいらっしゃらないの。だから、業平さまがどうっていうわけではないのだけれど、そなたも知っておいた方がいいかもしれないわ」

小町はそう前置きすると、梢に向かって語り出した。

「話は少し長くなるのだけれど、この都が桓武の帝によって築かれたものだということは、そなたも知っているわね」

「はい、もちろんでございます。桓武の帝は今の主上のお父上のお父上でいらっしゃいますよね」

「そうよ。でも、皇位継承の順番は、祖父君から子、子から孫へという単純なものではなかったの。それは桓武の帝のご意思によるものだったのよ」

「どういうことでございますか」

「桓武の帝には大勢の皇子さまがいらっしゃったのだけれど、特に三人の皇子さまを大事にお思いで、そのお三方が順番に皇位を継承されることをお望みになったの」

「つまり、兄上から弟君へ皇位が譲られたということでございますね」

「そう。それが、平城上皇さま、嵯峨上皇さま、淳和《じゅんな》上皇さま」

このうち、平城上皇と淳和上皇はすでに崩御しており、今上仁明天皇の父である嵯峨上皇だけが存命だと、小町は続けた。ただし、その嵯峨上皇も今は病に臥《ふ》せっており、容態が案じられている。

「平城上皇さまは嵯峨上皇さまが天皇でいらっしゃった頃、都を奈良に戻そうとお計りになり、兵を動かされたの。そのことは知っているわね」

「お聞きしたことはございます。嵯峨の上皇さまがお勝ちになって、平城上皇さまはご隠居遊ばされた、と」

「その通りよ。そして、この平城上皇さまの乱によって、そのお子さまたちが皇位を継承していく道は絶たれてしまったの」

「もし、平城上皇さまがお勝ちになっていたら、そのお子さまたちが帝になられていたのでしょうか」

「おそらくはね。でも、もしもの話をしても仕方がないわ。覚えておいてほしいのは、平城上皇さまのご長男は阿保親王さまというお方で、あの在原業平さまは阿保親王さまのお子さまだということよ」

「えっ、あの方、親王さまのご子息だったのですか？」

在原と名乗っていたので、皇族だとは思わなかったと梢は目を丸くした。苗字《みょうじ》があることは臣籍にある証となる。

「今は臣籍に降られて、在原を名乗っていらっしゃるの。そういう宮さまはけっこう大勢いらっしゃるわ。たとえば、一代前の話だけれど、良岑宗貞さまだって、お父上は桓武の帝のお子さまだもの」

「えっ、そうなのですか。ということは、在原さまと良岑さまは血がつながっていらっしゃるということに……？」

梢は吃驚《びっくり》した様子で尋ねた。

「そうね。良岑宗貞さまの祖父君は桓武の帝で、在原業平さまも桓武の帝のお血筋だから。業平さまはお母上が桓武の帝の皇女でいらっしゃるから、二重に桓武の帝の血を引いていらっしゃるのよ」

梢は驚きながらも納得した様子でうなずいた。

つまり、在原業平も良岑宗貞も、おそれ多いことだが今上の仁明天皇も皆、桓武天皇までさかのぼれば血縁関係にあるということだ。

淳和上皇まで兄弟順に渡った皇位は、次いで嵯峨上皇の皇子、今の仁明天皇へと譲られた。この時、東宮の位に就いたのは、淳和上皇の皇子、恒貞《つねさだ》親王である。

平城上皇の血筋が皇位継承の列から外され、残った嵯峨上皇の血筋と淳和上皇の血筋とで、交互に皇位が継承されていく、という方針が採られていると見なされていた。

「でも、二つのお血筋で交互に皇位を継承していかれるなんて、ややこしいというか、争いが起こったとしても不思議はありませんよね」

何となく気にかかるという様子で、不安げに梢は呟く。

小町はそっと唇に指を当てた。

「宮中ではあまりそういうことを、口にするものではありません」

小町が注意すると、「あっ」と小さな声を上げ、梢は口もとを両手で覆った。

「もちろん、わたくしの前では何を言っても危ないことなんてないわ。でも、他の人の前では絶対に駄目。わたくしが親しくしている種子さまやその女房たち、良岑宗貞さまや在原業平さまの前でもです。もちろん、お姉さまの前でもね」

「かしこまりました」

梢は神妙な顔つきでうなずき返した。

「そなたが心配したようなことは、この宮中に出入りする誰もが案じていることなの。

当の東宮さまご本人も同じで、お父上の淳和上皇さまがご存命の頃、東宮位を辞退なさりたいと、お二人で嵯峨上皇さまに申し出られたことがあったと聞くわ。それでも、嵯峨上皇さまがそれをお止めになられたそうよ」

「どうしてでしょう。嵯峨の上皇さまにとっては、東宮さまが皇位継承をご辞退遊ばされれば、ご自分のご子孫だけに皇位を受け継がせることができますのに」

梢は不可解だという様子で首をかしげている。

「そういう見方もできるけれど、世間は嵯峨上皇さまが公のものである皇位を私《わたくし》のものにした、と言い出すかもしれないわ。それに、今の東宮さまのお母上は、嵯峨上皇さまの皇女さまなの。だから、嵯峨上皇さまにとって、東宮さまはお孫さまでもいらっしゃるのよ」

「あ、だから、東宮さまには帝になっていただきたいとお思いなのですね」

皇位の私物化云々《うんぬん》の話は理解が届かなかったようだが、自分の外孫を天皇にしたいという望みには大いに納得がいったらしく、梢はすっきりした表情でうなずいてみせる。

「上皇さまのお胸の内を忖度《そんたく》するのは失礼なことですよ」

小町は柔らかく忠告した後、それまでよりも声を潜めて先を続けた。

「もちろん、嵯峨上皇さまがおいでになる間は何も起こらないでしょう。でも、このまま何事もなく、東宮さまに皇位が譲り渡されるかどうか、誰もが心の中では不安を抱いているの。今がそういう時だということを、わたくしたちは忘れてはいけません。だからこそ、何事にも動じないということが必要になってくるのよ」

小町の話が初めの忠告にまで戻ってくると、梢は真面目《まじめ》な顔つきになり、

「肝に銘じておきます」

と、しっかりした口ぶりで答えた。

小野家が身の回りの世話にと宮中へ遣《よこ》した女童はぜんぶで四人いる。途中で入れ替わることはあったのだが、大町は常に三人をそばに仕えさせているので、小町のもとにいるのは梢だけである。だが、梢が賢く、少しのことではへこたれない強さもあるので、小町としても心強かった。

「それで、あのう、小町さま。私、お尋ねしたいことが一つあるのですけれど……」

話が一段落したところで、梢が顔色をうかがうような目つきになって言い出した。

「何かしら」

「小町さまは、在原さまと良岑さま、お二人のうちどちらの殿方を……」

梢がそこまで言った時、戸をとんとんと叩く音がその声に重なった。

「あら、どなたかがお見えになったようだわ」

小町が梢を促すように言い、梢はひどく残念そうな表情を浮かべつつ、仕方なさそうに戸口へと向かった。

「これは、良岑さまっ」

梢は目の前に立つ優美な公達《きんだち》の佇まいに、思わず絶句した。

三

良岑宗貞が来ていると聞き、小町は戸口まで出向いたが、少し迷った末、中へどうぞと一応勧めた。夕方ともなっていれば、おかしな誤解を受けそうだが、まだ日は高い。

しかし、

「いえ、それはご遠慮いたしましょう」

と、宗貞は折り目正しく答えた。

「お話はここでできますから」

と、言うので、戸を開け放った戸口で向かい合い、二人は言葉を交わした。

「どんなご用向きでいらっしゃいますか」

小町が尋ねると、宗貞は優しげな笑みを浮かべつつ首を振った。

「いえ、用向きの大半はもう済みました。あなたに仕える女童が元気を取り戻していたようですので」

「梢のことを案じて、わざわざ来てくださったのですか」

「何やら、気落ちしているように見えましたので」

それを小町に伝えるため、ここまで足を運んだということらしい。

「そのことは、わたくしも梢自身から聞きました。いろいろと言って聞かせましたので、もう大事ないと思います」

「どうやら、余計なお節介だったようですね」

宗貞は柔らかな声で呟いた。

「そういう濃《こま》やかなお優しさが、良岑さまのお人柄をしのばせますわ」

小町が言うと、宗貞はさりげなく話題を変えた。

「紀更衣殿から聞きました。主上から桜の歌を所望された、と」

「そうなんですの。一口に桜と申しても、桜の何をどう詠むべきか、頭を悩ませておりますわ。美しさ、可憐さ、華やかさ、果てははかなさ――」

「花の宴でのご披露と伺いましたが、その場でお作りになるつもりではないのですか」

「その場で、歌の神が下りてくだされればいいですけれど、そんなに都合よくはいかないかと思いますので」

念のため、事前に作っておく心づもりだと、小町は答えた。

「あなたが心の底から願えば、どんな神も願いを聞き届けてくれそうですけれどね」

「まさか」

宗貞の言葉を、軽口と聞き流して笑った小町は、自分にじっと向けられた宗貞の眼差しにぶつかり、かすかな戸惑いを覚えた。

「私が歌の神ならば、あなたにこの世で最も優れた歌を詠ませて差し上げるでしょう」

そう告げた時の宗貞の目は笑っていなかった。戸惑いをさらに募らせつつも、

「それは何よりも心強いことですわ」

小町は明るく言葉を返した。

「ならば、ぜひ歌の神さまにお伺いしとうございます。桜の花の何を詠めば、わたくしは主上のお心を満たすことができますでしょうか」

小町が軽い口調で尋ねると、宗貞も目の力を和らげた。

「そうですね。宴といえば、梅の宴で詠まれた歌などが『万葉集』にも多くあります。その場合、宴を開いた家の主人への賛辞として梅を褒める、ということが行われたようですが」

「では、この度は宴を開かれるのは主上でいらっしゃいますから、主上を称《たた》える歌とするべきでしょうか」

「いえ、それではおそらく主上をご満足させることはできないでしょう。主上はあなたの世辞などお望みではないはずです」

「では、桜の美しさをありのままに詠むのがよいのでしょうか」

「そうですね。美しさも華やかさももちろん歌に詠むべき種ではございましょうが、それはその場にいる誰もが目にしています」

「つまり、わざわざ言われなくても、分かっていると――？」

小町が訊き返すと、宗貞は静かにうなずいた。

「それならば、いっそ目に見える景色とは異なる花の姿を詠むのも一興でしょう。こういうのがよいと例を示すことはできませんが……」

「いいえ、とてもよい案をお示しいただいたように思います」

小町は力のこもった声を返した。

目に見えるものをそのまま詠むのではなく、違った景色を詠むことで、かえって目の前の桜の美しさを際立たせる、そんな歌を詠むことができないものか。

まだ形となっていないが、ある一つの道筋を照らしてもらえた心地がする。宗貞と言葉を交わすのは、こういう刺激があって、小町も楽しかった。

何より、他の男たちと違って、その眼差しにも、物言いにも色好みの風情が滲《にじ》まないことに安心できる。

「ところで、小町殿は在原業平殿とお会いになったそうですね」

「ええ。先ほど梢もお話ししたと申しておりましたわ。それを、あなたさまに見られたとも」

小町の言葉に、宗貞はうなずいた。

「業平さまがわたくしのことを、何かおっしゃっておられたのですか」

「噂通りの美しい女人だと言っておられましたよ。殿の妲己か、唐の楊貴妃か、と」

「大袈裟《おおげさ》なことを……」

小町は笑いながら、自分もそんなようなことを言われたと告げた。

「大袈裟ではないでしょう。あなたの美しさは誰もが認めるところです」

大真面目な口ぶりで宗貞は言う。

「良岑さま……？」

なぜそんなことを言うのか、という眼差しを、小町は宗貞に向けた。

「業平殿はあなたに恋をしたのでしょう。まあ、それは不思議なことではありませんが」

「あの方は女人と見れば、とりあえず口説いてみる、そんなふうに見えましたわ」

「まあ、そういう面もなきにしもあらず、でしょうが」

宗貞は少し苦笑を浮かべつつ、先を続けた。

「その時、おっしゃっていたのです。藤原中納言（良房）もあなたを落とそうとしているようだとね」

もしや、良房がうわべだけの付き合いを望んでいたことまで、宗貞にしゃべってしまったのだろうか。あの会話を業平に聞かれたことを、良房は知らないはずだが、そんなことを業平がしゃべり散らしているとなれば厄介《やっかい》なことになる。

「業平さまは他にも何かおっしゃっていましたか」

念のために問うと、宗貞は少し訝《いぶか》しげな表情を浮かべつつ「いいえ」と穏やかに答えた。

「藤原中納言さまはただ、わたくしをおからかいになっただけです。あの方は北の方一筋のお方ではございませんか」

「それは有名な話ですが、あの方のご身分とお立場で妻が一人という方が不自然でしょう。いかに、嵯峨の上皇さまのご息女を頂戴したとはいえ」

「それだけ北の方を大事にお思いなのではありませんか」

「あるいは、これはと思う女人に狙いを定めているのかもしれません」

宗貞の言葉にどことなく鋭いものを感じて、思わず小町は相手の顔をじっと見つめ返した。その両眼からは再び笑みが失われている。

「その女人がわたくしだというのですか。それはないと申し上げておきますわ」

小町は宗貞の言葉を斥《しりぞ》けると「それよりも」と話題を変えた。

「良岑さまは藤原中納言さまとお親しいのですか」

良房と宗貞――およそ共通するところのない者同士のように、小町には見える。だから、宗貞が良房を話題にすること自体が不思議だった。

「いや、親しくはありません。私があの方を少し苦手に思っているように、あちらも私と同じようにお思いでしょう。ですが、一応、血縁ですから、まったく疎遠というわけでもありません」

「えっ、藤原中納言さまと良岑さまがご血縁なのですか？」

そのことは小町自身も知らなかったので、少し驚いた。

片や、朝廷に幅を利かせる藤原北家の当主であり、片や、桓武天皇の血を引く賜姓《しせい》の元皇族。どこで血がつながっていたのだろうと思っていると、

「私の父と藤原中納言の父上が、父の異なる兄弟同士なのですよ」

と、宗貞が言った。

「では、お祖母《ばあ》さまが同じということに？」

宗貞はうなずいた。

二人の祖母に当たる百済永継《くだらのえいけい》という女人は、初め藤原北家当主の妻となり、冬嗣《ふゆつぐ》らの息子を産んだ。この冬嗣が藤原北家の基礎を築いた人物で、良房の父に当たる。

百済永継はその後、女官として宮中に仕え、桓武天皇のお手付きとなった。そして、生まれた皇子が宗貞の父だという。

「思ってもみませんでした。お二人に血のつながりがおありだったとは――」

「母方でのつながりですからね。父の代ならばともかく、我々の世代の中には、知らない人も多いでしょう」

「そのお祖母さまこそ、お美しい方だったのでございましょう。人の妻でいらっしゃったのに、桓武の帝のお心に留まったのですから」

小町が言うと、宗貞は首をわずかにかしげた。

「さあ、私自身は知りませんが、父の言葉によれば美しい人だったようです。派手なことを好み、宮中での暮らしがよく似合う人だったとか。ですが、藤原氏の方々からすれば、あまりいい気はしなかったでしょうね」

「さあ、どうなのでございましょう」

小町は言葉を濁したが、もしかしたら、藤原北家が桓武、平城、嵯峨、淳和朝において、徐々に力を蓄えてきたそもそもの背景には、冬嗣の母が桓武天皇の寵愛を受けたことがあったのかもしれない、とも思った。

「小町殿、あなたはどうなのですか」

不意に、宗貞は尋ねてきた。

「どう、とは——？」

「宮中での暮らしをどうお思いなのですか」

「あなたさまのお祖母さまのごとく、宮中での暮らしが似合うかどうか、ということでございますか」

小町は問い返したが、宗貞は無言のままである。

「似合うかどうかは分かりかねますし、宮仕えはもちろんつらいこともございます。けれども、わたくしには宮中で暮らす以外の道はありませんから」

「それは、他の道をあなたが見ようとしないからでしょう」

宗貞はそう言うなり、小町から目をそらした。

どういう意味ですか、と小町は問い返すことができなかった。それを問えば、何かが変わってしまう、二人の間に築かれた何かが壊れてしまう、そんな気がしたからであった。

「桜の歌を楽しみにしています」

そう言い残して、宗貞は立ち去って行った。最後まで、小町に目を戻すことはなかった。

第三章　左近の桜

一

承和《じょうわ》九（八四二）年の春、桜がほころび始めると、仁明天皇はさっそく陰陽寮《おんみょうりょう》の役人たちに命じて、宴に適した日を挙げさせた。行事との兼ね合いから、花の宴に決められたのは二月も終わりかけた頃である。

この日は天気も晴れ、政務の終わった昼すぎから、紫宸殿の前に宴の席が設けられ、幔幕《まんまく》が張られた。左近の桜の見える最もよい場所は帝の御座所となり、その近くには女御たちの席が設けられる。更衣の身分である小町の席は、この女御たちの次によい場所に与えられた。

「紀更衣さまがご挨拶を、と申されております。こちらへ伺ってもよろしいか、とのお尋ねでございますが」

小町が自分に指定された席へ行くと、傍らの席となった種子のもとから使いがやって来た。

「まあ、種子さまに足を運んでいただくなど、とんでもないことでございます。わたくしよりご挨拶に参りますので、そうお伝えくださいませ」

小町はそう返事をし、少し経ってから梢を連れて、種子のもとへ伺った。

「小町殿、お久しぶりです」

種子はおっとりとした口ぶりで言い、笑顔を見せた。

仁明天皇はかつて「桜が好きだ」と小町に言ったが、種子を見ると、小町は可憐な紅梅の花を思い浮かべる。そして、帝も本心では、そういう可憐な女が好きなのだろうと思う。

「こちらこそご無沙汰《ぶさた》してしまいまして。七宮さまもごきげんよう」

小町は種子の傍らに座っている思慮深そうな少年にも、丁寧に挨拶した。

種子を母とする第七皇子、常康親王である。母親の身分から天皇にはなれないが、利発な皇子として知られ、父帝からも特別にかわいがられていた。

「今日はお会いできて嬉しゅうございます」

常康は堂々とした態度で、しっかり挨拶した。まだ六つか七つのはずだが、たいそう大人びた口を利くその姿を、小町はかわいらしく眺めた。

「お隣の席で嬉しいですわ、小町殿」

種子が朗らかな笑顔を向けて言う。

「わたくしなど、本来は種子さまのお隣の席を頂戴できる立場ではありませんのに」

小町が恐縮して言うと、種子は「何をおっしゃるの」と少し声を高くして言った。

「あなたは今日は、主上のために歌を詠まれるのですもの。そのようなお方は特別です。常のご身分やお立場とは関わりないのですから、あなたは堂々としていらっしゃればいいのですよ」

小町を力強く励ますかのような物言いだった。

見た目はおっとりしているのだが、種子はとても頭がよく、気も回るしっかり者である。母となってからは落ち着いた貫禄まで備わって、頼りがいのある風情であった。

「ありがとう存じます。そう言っていただけると、とても心強いですわ」

小町は心の底から感謝の気持ちをこめて言った。

「ねえ、もしよろしければ、わたくしたちの席の敷居を取りのぞいて、ご一緒に宴を楽しみませんか。小町殿とお話ししながら、桜を眺めたいわ」

もちろん主上のお許しはすでに得ております――と、手回しよく種子は言う。その提案は小町にも魅力あるものであった。

「でも、七宮さまが退屈なさってしまうのではないでしょうか」

種子と小町が話し込んでしまったら、常康が寂しがるのではないか。妹の眞子《さねこ》内親王はまだ幼すぎて、常康の遊び相手にはならない。小町はそれだけが気がかりだったが、常康は「かまいません」と大人びた口調で言った。

「私はやりたいことがありますから」

母親たちが女同士のおしゃべりに興じていても、自分はちっとも気にしないのだという様子である。

「やりたいこと？」

「桜の花を題材に漢詩を作りたいんですって」

傍らから種子が楽しげに口を添えた。

「えっ、七宮さまはもう漢詩をお作りになるのですか」

いくら聡明と評判の高い皇子であっても――と、小町は目を瞠った。

和歌であれば、幼くとも作れないことはないだろうが、漢詩はそもそも漢字をたくさん知らなければ作れず、約束事もかなり細かい。漢詩を作ることは男子の必須の教養と言われているが、それでも苦手とする者も多かった。

「まさか。いくら何でも一人では作れませんよ」

小町の勘違いを、種子は軽やかに笑った。それから、常康の方に目を向けて、

「だから、お師匠さまにお手伝いしていただくのですよね」

と、問いかける。

「はい、母上。良岑さまはまだお見えにならないのでしょうか」

常康はその時だけはそわそわと落ち着かない様子を見せ、御簾《みす》の外へと目を遊ばせた。

「そういえば、七宮さまは良岑さまに学問の手ほどきを受けておられるとか」

前に梢が話していたことを思い出して、小町は言った。

「ええ。常康は見どころがありそうだからと、主上から良岑さまに頼んでくだされたのです。良岑さまは桓武の帝のお血筋ですし、主上も深くご信頼遊ばしていらっしゃるようですわ」

常康が父帝からかわいがられているという話を、小町は嬉しい気持ちで聞いた。この手の話題は自慢話とも取られかねず、特に後宮では評判を落とすきっかけにもなりかねない。だが、子のいない小町が相手なら、種子も気軽に話せるのだろうし、種子の気さくな人柄を知る小町は嫌な気などまったくしなかった。

「そうそう、桓武の帝のお血筋といったら」

突然、種子は思い出した様子で呟いた。

「阿保親王さまのご子息が臣籍に降られて、在原姓を頂戴したそうなんですが、その方が今日の宴に出てこられるそうよ。何でも、たいそう背が高くて、大変な美男子でいらっしゃるって。後宮でも女官たちが大騒ぎをしていると聞きましたが」

種子が若い娘のようなはしゃぎ方を見せる一方、噂の人物に思い当たった小町は表情から笑みを消した。

「それは、在原業平さまのことでございますね」

「あら、お知り合いでいらっしゃいましたか」

種子が首をかしげた。

「この前、初めてお顔を拝しました。お父上の阿保親王さまとご一緒に参内《さんだい》なさったということでしたが」

「それで、在原さまはどのようなお方？　本当に噂通りの美男でいらっしゃるのかしら」

種子が興味津々という表情で訊いた。その様子がどうもおかしいと、小町は思った。いくら噂の美男子であっても、帝のお子まで産んだ女人が前のめりになって問うような内容ではない。

「種子さま、どうして在原さまのことをお訊きになるのですか」

小町は表情を改め、種子に訊き返した。すると、種子は小町の眼差しから逃れるように目をそらすと、

「それは、あまりに噂が独り歩きをしていたから、どんなお方なのかと……」

と、言い逃れでもするような口ぶりで呟く。やはり、何かをごまかしているような感じだ。小町がさらに問いただそうとしたその時、

「あっ、兄上だ」

それまでおとなしくしていた常康が、突然声を上げるなり、御簾の中から飛び出して行った。廂に設けられたその席からは階《きざはし》が近く、そこには履物も用意されている。常康は階を駆け降りると、庭へ駆けて行ってしまった。

「お待ちなさい」

種子は追いかけるように声をかけたが、さほど慌てているわけではない。御簾の中からじっと目を凝らし、

「一宮《いちのみや》さまがいらっしゃったようですわ」

と、小町に言うでもなく呟いた。

一宮とは、仁明天皇と女御藤原順子の間に生まれた第一皇子で、名を道康という。この年、十六歳。

次の東宮に最も近い皇子と言われ、伯父に当たる藤原良房がその立太子《りったいし》を狙って画策中、という専らの評判であった。

小町も御簾の向こうにじっと目を当てた。

道康親王を掌中の珠のごとく大事にしている良房が、その供をしている見込みは高い。

だが、その予想は外れ、道康のそばに良房はいなかった。

「あら、あれは東宮さまでいらっしゃいますか」

小町は道康親王の横に立つ人物に目を当てて、驚きの声を上げた。

「まあ、本当だわ。東宮さまがいらっしゃるなんて、おめずらしいこと」

種子も驚きの声を上げ、あちらから見えるはずもないのだが、何となく居住まいを正した。

東宮の恒貞親王は、先帝淳和上皇の皇子である。

嵯峨上皇の血筋と淳和上皇の血筋が交互に皇位を継承することへの不安は、宮中の誰もが抱いているものであった。

藤原良房の擁する道康親王に脅威を覚え、恒貞親王はかつて東宮位辞退を願い出るも、慰留されて立ち消えとなっている。外祖父である嵯峨上皇が病に臥せっている今、恒貞親王の立場はいよいよ危ういものとなりかけていた。

しかし、その恒貞親王と、恒貞を脅かしているはずの道康親王とが、この宴の席へ連れ立って現れたのだ。その姿は、満開の桜の花の下、世にも和やかで平穏なものと映った。この仁明天皇の御世《みよ》が太平であることの象徴とも見える。

この時、道康親王の後ろに、藤原良房が付き従っていようものなら、それは東宮への威圧ともとられかねないだろうが、そういうことに敏な良房は姿を見せていない。

ところが、さらに目を凝らしてみると、何と道康ではなく、恒貞親王の背後に屈強そうな男が従っている。

しかも、御簾越しでさえ「東宮さまをお守りするのだ」という警戒心がありありと見えてしまい、興ざめであった。かつ、失礼なことに、時折、道康親王に無遠慮な鋭い眼差しを注いでいるではないか。

「あの方は……」

小町が呟くと、それがその無礼な男を指していると察したのだろう、種子がすぐに、

「あれは、橘 逸勢《たちばなのはやなり》さまね」

と、答えた。

橘逸勢は遣唐使として唐へ渡ったことで知られ、かつ嵯峨上皇や空海《くうかい》と並んで書の達人と称されていた。官職は但馬権守《たじまのごんのかみ》であり、あまりぱっとしない。というのも、かつて藤原氏と並び称されるほどの力を持っていた橘氏は、逸勢の祖父に当たる橘奈良麻呂《ならまろ》の乱後、すっかり落ちぶれてしまったからである。

種子の紀氏や、小町の小野氏も、名門だが今は力がないという点で、似たり寄ったりであった。

ただし、橘氏においては、逸勢の従妹《いとこ》に当たる嘉智子《かちこ》が嵯峨天皇の皇后となり、その後は仁明天皇の生母として太皇太后《たいこうたいごう》になるという、出世を果たしていた。

また、嘉智子を母とする正子《まさこ》内親王は、叔父である淳和天皇の皇后となり、恒貞を産んでいる。

そして、橘逸勢は位階こそ高くはなかったが、橘氏の血を引く正子内親王に仕え、そ

の皇子である恒貞の側近となっていたのだろう。

小町は話にこそ聞いていたが、逸勢を見るのは初めてであった。

「あの方が、橘逸勢さまでしたか。書をよくなされるというから……」

「もっと繊細そうなお方と思ってらした？」

口を濁した小町に代わり、種子がおかしそうに尋ねた。小町は黙ってうなずき返した。

「ご身分を超えて、嵯峨の上皇さまとはお親しくしていらっしゃるそうですよ。檀林《だんりん》太皇太后さま（嘉智子）のお従兄でもいらっしゃるから、そのご縁もあるのでしょう。東宮さまのお母上（正子内親王）のご信頼も厚いというから、お味方の少ない東宮さまをお守りせんと気を張っていらっしゃるのね」

種子の言葉に、改めて小町は御簾の外へと目をやった。

もう若くはない、おそらく六十歳前後と見える橘逸勢の、ただならぬ覚悟を宿した姿がどこか物悲しく見えてしまう。恒貞と道康の間に何事も起こらず、今、和やかに談笑している二人のまま、時が過ぎていけばいい——ひそかにそう願わずにいられなかった。

「……お姉さま、お話し中のところ、申し訳ございませんが」

と、その時、遠慮がちな声がかけられた。

小町が目をやると、種子の傍らに膝を進める若い娘がいる。まだ十四か十五くらいのおとなしそうな少女で、どことなく種子に似ていた。

「あら、やっと来たのね」

種子が笑顔を見せた後、

「わたくしの妹ですの」

と、小町に引き合わせた。

「紀名虎《なとら》の娘、静子《しずこ》と申します」

若い娘がゆっくりと頭を下げた。

「こちらは、小野小町殿。お名前はご存じよね」

「それはもう」

種子の言葉に、静子は頬を赤らめて大きくうなずいた。

「噂以上にお美しいお方で。わたくし、何だかどきどきしてしまいますわ」

静子は小町と目が合うと、恥ずかしそうに姉の方へ身を寄せた。

「静子さまこそ、何て可憐な方。種子さまに、このような妹君がいらっしゃったとは存じませんでしたわ」

「まだまだ子供なんですけれど、女官として宮中へ上がるなら、そろそろ心構えをさせなければというので、今日の宴に招きましたの。わずらわしいかもしれませんが、話し相手になってやってください」

種子が小町に言うと、静子はわずかに顔を上げ、小町の顔色をうかがうように見る。

遠慮がちなそのしぐさがかわいらしく、小町が微笑むと、再び恥ずかしそうに目を伏せてしまった。

「こんなにかわいらしい方、主上のお目に留まったらどうなさいますの？」

「あら、いやだわ。主上のお目には触れぬようにしなければ」

種子と小町は言い合いながら、声を立てて明るく笑った。種子がこうして笑えるのも、自分の妹に手をつけるような真似《まね》を、帝は決してしないと信頼しているからに違いない。

帝から寵愛を賜り、皇子と皇女にも恵まれ、その聡明な皇子は父帝の鍾愛《しょうあい》を受けている——そんな種子の晴れやかな立場を、小町は素直にうらやましいと思った。

藤原氏出身の女御には及ばないが、中流の公家《くげ》の娘として望むべく最高のものを手に入れた女人——種子がそう見えたからであった。

二

御簾の奥の席で、小町と静子の引き合わせが終わった頃、

「母上」

と、常康が外から戻ってきた。

「兄上が送ってきてくださいました」

と、先ほどより元気のいい声で言うのは、女ばかりの御簾の中にいるより、男の兄宮たちと触れ合い、楽しかったせいかもしれない。が、常康に続いて、

「紀更衣殿、失礼してよろしいでしょうか」

と、御簾の外から声がかけられたので、小町も種子も驚いた。

常康を送ってきたついでに、種子にも挨拶していこうと、道康親王が声をかけてきたのである。

種子は仁明天皇の妻であり、形の上では道康にとっての義理の母。何も顔を見せられないわけではない。また、女官である小町も道康に顔を隠す必要などなかった。

だが、ここには夫を持たない静子もいる。先ほどの話では女官になる心づもりもあるようだが、その前に夫を迎えるという道もないわけではなく、そうなると、余所の男に顔を見られるのは具合の悪いことであった。

「あなたは少し下がっていらっしゃい」

種子が小声で静子に命じ、静子は青い顔をしつつも、廂の奥の方へと移動する。気を利かせた種子付きの女房たちが、静子の姿を隠すようにその前に立ちふさがった。が、道康の方も父親の妻に遠慮する必要はないと思うらしく、何の気なしに弟常康の後に続いて、御簾の中へと入って来た。

「これは、一宮さま。ごきげんよう」

静子がうまく隠れたか気にかかっているらしい種子に代わり、小町がすかさず道康に話しかけた。

「おや、小野小町殿もこちらでしたか」

道康は声につられて小町の方を見たものの、次の瞬間、何かが気になるという様子で、眼差しを動かした。静子の姿をちらっとでも見てしまったのかもしれない。

「一宮さま、常康がご迷惑をおかけして、申し訳ございません」

種子がにこやかに挨拶した。道康の眼差しが種子の方へと注がれる。

「いえ、迷惑などかけられておりませんよ。七宮は良岑宗貞殿を待っているそうですね。ただ今、私の従者に探させておりますので、もうしばらくお待ちください」

道康が言うと、種子は慌てた。

「まあ、すっかりご迷惑をおかけしているではありませんか。あの、東宮さまとご一緒とお見受けいたしましたが」

「東宮さまは主上にご挨拶なさるというので、そこでお別れいたしました。東宮さまは実に穏やかなお方なのですが、警護役をもって任じる但馬権守の目つきが怖いので、正直、ほっといたしましたよ」

この年十六歳の道康は、明るくはきはきした話し方をする。その様子も好感が持て、弟の常康からも慕われているらしい。

ただ、道康は種子への挨拶を済ませた後も、すぐに出て行こうとはせず、その場に居座り続けた。まさか出て行けとも言えないので、

「一宮さまは主上の御前へ行かれなくてよろしいのですか」

と、小町はやんわり尋ねてみた。

「後で参ります。主上のおそばには母上がいて、その近くにはきっと伯父上もいるでしょう。私はどうも、あの人が苦手なのですよ」

道康は隠し立てする様子も見せずに言った。

「伯父上さまとは、藤原中納言さまのことですか」

小町が尋ねると、道康はうなずいた。

「はい。別に口うるさいというわけではないのですが、何だかいつも見張られているような気がして」

「お母上から一宮さまのことを頼まれておいでなのでしょう。伯父上さまを悪くおっしゃってはいけませんわ」

種子がたしなめるように口を挟んだ。その言葉には異を唱えることなく、道康も神妙に聞いている。

その後も、道康は従者が良岑宗貞を連れて来るまで出て行くつもりがないらしく、そ

の場に座り続けていたが、

「ところで、こちらにはお客人でもいらっしゃいましたか」

ややあってから、種子に目を向けて尋ねた。

「どうして、そうお思いになられますの？」

種子が訊き返すと、

「いいえ、何やら見かけぬお方を見たように思いまして。女房のようにも見えませんでしたし」

と、意味深長な口ぶりで道康は呟いた。やはり、静子が隠れるところを、ちょうど見られてしまったようであった。

種子はあえて返事をせず、無言を押し通している。そのまま道康が詮索を諦め、立ち去るのを待つつもりらしいが、道康の従者はなかなかやって来ない。

「七宮」

道康は種子に尋ねても無駄だと悟ったのか、傍らにいた常康に声をかけた。

「こちらには今日、どなたかお見えになるのか」

あっと思った時には遅かった。種子も幼い息子に口止めはしておらず、常康はいくら聡明だといっても、女に関心を持つ兄宮の心の内までは推し量れない。

「はい。紀家の叔母上がいらっしゃいます」

常康ははきはきと答えた。

「ほう。どんなお方なんだ」

意を得たりとばかり、道康は堂々と質問を続けた。

「きれいなお方です。兄上と同じくらいのお年なんじゃないかな」

余計なことを言うなと、種子が息子に目配せを送るのだが、常康は兄の方ばかり見ており、母の顔には目も向けなかった。

「それでは、私が文を書いたら、その方に届けてくれるか」

「はい、分かりました」

常康は元気よくうなずいた。天皇の皇子や皇女は母の実家で育てられるのが原則で、もちろん宮中に留《とど》まることもあるのだが、母の実家との行き来がけっこうある。そのため、常康がその役目を果たすのはさほど難しいことではなく、何も問題ないと思ってしまったらしい。

常康の言質《げんち》を取ってしまうと、さすがにそれ以上留まっても、奥の様子をうかがうのは無理だと察したのか、

「では、そろそろ私は失礼いたします」

と、道康は立ち上がった。

「私の従者がこちらへ来たら、母のもとにいると伝えてください」

道康はそう言い置いて、御簾の外へと出て行った。

「困ったわ。本当に一宮さまが静子を見かけてしまったのなら……」

種子が溜息混じりに呟く。それを耳にした女房の一人は、

「あら、かまわないのではありませんか」

と、種子に言った。

「一宮さまは次の東宮にお立ちになると専らの評判でいらっしゃいます。そのようなお方のもとへ妹君が上がられれば、紀家の誉れでございますわ」

女房たちは紀家で雇われている者たちなので、紀家の繁栄を願っている。もちろん種子も同じはずなのだが、その表情は浮かない。

「仮にお顔を見られていたとしても、一宮さまに望まれるのであれば、むしろ喜ばしいことだと、わたくしも思いますが」

小町も言い添えてみた。紀氏や小野氏のような中流の家柄の娘にとって、後宮で帝の寵愛を受けることは何よりの出世である。そして、種子はまさにその成功例と言える人生を送ってきたはずなのだが……。

「わたくしもあの方はすばらしいお方だと思います。いずれ帝とおなり遊ばすのも間違いないでしょう。ですが、後宮には大勢の女人がいて、一宮さまにも間違いなく有力な家柄の姫君が入内なされる。そんな後宮で寵を競うより、堅実な殿方を夫として北の方

に納まる方が、おとなしい妹には似合いではないかと……」

姉として妹を案じる種子の気持ちも分からぬではなかった。

皇子を産んでも、その子が皇位に就くことはまずありえない。そして、自身が皇后に選ばれることも絶対にない。

落ちぶれかけていた家に生まれながら、皇后となり国母《こくぼ》となった橘嘉智子は、極めてまれな例なのであった。それも、平安京への遷都が行われた激動の時代だからこそ可能だったのであり、かつ有力氏族である藤原氏の中に、ふさわしい娘がいないという偶然も重なってのことであった。また、嘉智子自身が類《たぐい》まれな美人で、その美貌が東宮時代の嵯峨天皇のお目に留まったからという幸運も手伝った。

そのようないくつもの僥倖《ぎようこう》がなければ、橘嘉智子のようにはなれない。

それは、種子や小町のような中堅の家柄の娘たちが痛感していることであった。

「……お姉さま」

その時、申し訳なさそうな小声がして、女房たちの背に隠れていた静子が顔をのぞかせた。

「あれ？　もういらしてたんですか」

静子が来ていることに気づいていなかった常康が驚いた声を上げた。

常康に微笑みかけた静子の頬が、うっすらと上気していることに気づいて、小町はそっと目をそらした。

三

小町が仁明天皇の御前へ招かれたのは、天皇が出御《しゅつぎょ》して廷臣たちの挨拶が一通り終わり、楽師たちの音色も高鳴り、多くの者が少しばかりの酒を口にしたという頃合いであった。

「主上がお呼びでいらっしゃいます」

という女官の言葉に従い、小町は御前に上がった。

帝の前の御簾は取り払われ、夕暮れ間近の左近の桜が遮るものなく見通せるようになっていた。近くには、東宮の恒貞親王、一宮道康親王が顔を連ね、藤原良房も道康の傍らにいる。

道康の生母である藤原順子は御簾の奥にいるものと思われ、顔が見える場所にはいなかった。

帝のおそばには数人の女官がいたが、順子同様、ご寵愛を受けた女人はその場にはいない。そうした女人は丁重な扱いを受け、種子のように場所を賜り、御簾の奥にいる。その場に立ち働いている女官は膳を運んだり、酒を注《つ》いだりといった雑事を行う者たちばかりであった。

小町が廷臣たちに顔をさらす場に呼ばれたのは、それだけ軽い扱いをされている、と見ることもできた。一方、寵愛された女人でさえおそばには近付けない席で、ただ一人、おそばへ招かれたと見ることもでき、そうした点が宮中一の美女と言われながら、帝のお子を産んでいない小町という女を謎めいたものとしていた。

「おお、参ったか」

帝は小町の姿を見るなり、顔を綻《ほころ》ばせ、自ら扇で手招いた。

「ここへ」

と、自分のすぐ隣へ小町を座らせる。

「見よ。左近の桜が見事に咲いた」

そう言って、帝は咲き誇る桜の樹を小町に示すようにした。

「はい。まことと、春の花としてこれほど宮中に似つかわしい花はないと存じます」

視界を薄紅色で染め上げるかのような桜の大木に見入りながら、小町は答えた。

「うむ。この木を桜に替えたのは、朕の英断であったと思うであろう？」

ふだんはとても慎重な帝が、いつになく上機嫌で大口を叩いた。少し酒が入っているのだろうと、ひそかに様子をうかがうと、やはり顔がほんのりと赤らんでいる。

「しかし、朕が左近の梅を桜に替えたのは、何も桜を好むためだけではない。この朕の御世に、小野小町という桜花の精とも思える女人がいたことを、後の世まで忘れさせぬため。小町よ」

帝はいったん言葉を切ると、ゆっくりと小町に目を向けて続けた。

「そなたこそ、まことにこの宮中の花だ」

帝の眼差しはじっと小町に注がれている。酒に酔ったのか、花に酔ったのか、あるいは目の前の美しい女の色香に酔いしれているのか。

小町は帝の両目に見入られ、絶句した。あまりの褒め言葉に恐れをなしたのでも、公然と女を褒め称える帝の態度に気恥ずかしさを覚えたわけでもない。

酔ったふりをする、いや、酔っているのは本当だとしても、そう振る舞う帝の目の中に正気の色を認めたからであった。

「主上は少々、酒を過ごされたようですな」

近くにいた右大臣の源常《ときわ》が軽口のように言い、声を上げて笑った。

源常はこの場にいる廷臣の中で最も身分が高い上、仁明天皇とは二つ違いの異母弟に当たる。その立場ゆえ、他の誰にも言えぬことを、代表して口にしたものと思われた。

「そうだな。少し酔っているやもしれぬ。この目の前に咲いた美しい花と――」

そう言って帝は桜に目をやり、次いで小町に目を戻したが、この時は何も言わなかった。

「さて。酔ったついでに、もうひとしお酔わせてもらうといたそうか。小町よ」

帝は小町に目を据えたまま、真面目な表情になるとさらに続けた。

「この桜を前に、一首つかまつれ」

「かしこまりました」

小町はしずしずと受けた。

前もって命じられていたので、すでに歌は作ってある。何首も作った中から選び抜き、その上でさらに言葉を考え抜いた末に出来上がった一首であった。

小町は帝に頭を下げると、その眼差しを左近の桜へと注ぎ、一度目を閉じて深呼吸をした後、おもむろに口を開いた。


花の色はうつりにけりないたづらに　我が身世にふるながめせしまに

桜の花の移ろいに、我が身の上をかけた歌である。

——桜の花は長雨の降るうちに色あせてしまった。むなしいこと。わたくしが物思いにふけって時を過ごしてしまったように。

目の前の桜の美しさを称える歌ではない。そういうものを期待していたらしいその場の人々は、一瞬、ぽかんとした様子で沈黙していた。

桜の何を詠んだらいいか、良岑宗貞に相談した時、「いっそ目に見える景色とは異なる花の姿を詠むのも一興」と言われた言葉が、それを見つけるきっかけとなった。桜の美しさならば、誰でも詠める。帝から名指しされて歌を披露する以上、目の前の桜の美しさとは正反対の姿を詠もう、と小町は決めた。虚しさ、はかなさ、切なさといったもの、満開の桜の裏に潜む闇や翳《かげ》りをこそ。

満開の花もいつかは散る。美しい人もいつかは老いる。

そのことを惜しいと思って執着するか、それとも、命あるものの宿命と受け止め、その切なさを抱きしめることができるか。その姿勢一つで、人生とはまったく違ったものになる。

小町自身、自分がどちらに類する者なのか分からない。どちらが正しく、どちらが間違っているのかも分からない。それでも、そうしたことを考える時が降り積もっていくうちに、この歌は出来上がった。

「これは、お見事!」

突然の静寂を打ち破って、声を放った男がいた。小町が目をやると、いちばん端の末席にいる男がいつの間にやら立ち上がって、両手を打っている。たいそう背が高く目立つその男は、在原業平であった。

「花の美しさを詠むかと思いきや、掌《てのひら》を返したようなその言の葉。そして、散る桜を詠むことにより、目の前にある花の盛りがいっそう際立つこの趣向。これぞ、当世の誇る女人の歌詠み。天智《てんじ》、天武《てんむ》朝の額田王《ぬかたのおおきみ》、聖武朝の坂上郎女《さかのうえのいらつめ》もかくやあらんというものでございましょう」

業平はまるで自分こそがこの場の主人であるかのような態度で、堂々と言い放つと、不意に近くに座る人物に目をやり、

「そうは思いませんか、良岑宗貞殿」

と、声をかけた。宗貞は業平によって、目立つ役を与えられたことに迷惑そうなそぶりを見せることもなく、落ち着いた様子で口を開いた。

「確かに、ひねりの利いたよき歌です。長雨に散った桜の景色を前に詠んだのであれば、詠み手も聞く側も心が沈んだだけでしょう。しかし、今は満開の花盛りですから、この先の雨や花の散り際を思いながら、私たちは花に酔うことができる。万葉集の歌詠みたちには作れぬ歌だと思いますよ」

宗貞の声は低いがよく通るので、その場にいる人々の耳にしっかり届き、そして心に沁《し》みとおっていく。

ややあって、仁明天皇が「花の色は移りにけりないたづらに」と詠《うた》い出した。

そして、上の句を読み上げたところで、一度口を閉ざすと、

「業平と宗貞が絶賛した歌だ。皆も共に詠おうではないか」

と、声を放った。そして、再び上の句から詠い始める。廷臣たちが急いで帝の口の動きに合わせて詠い出した。もっとも一度聞いただけでは覚えきれなかったようで、ついていけない人も多かったが、帝は一言一句間違っていない。そして、末席に立ったまま声を張り上げている美しい男も、その隣に座る教養にあふれた穏やかな風貌の公達も。

（主上……）

小町は帝の優しさと誠実さに胸を震わせた。

やがて、帝と廷臣たちによる二度の朗詠が終わった時、

「主上」

女官の一人が恭《うやうや》しい様子で前に進み出て来た。

「嵯峨院より太皇太后さまのご使者がお見えでございます」

という。

「母上からだと――？」

急に酔いが醒《さ》めたという顔つきになって、仁明天皇が居住まいを正した。

「これへ」

帝の言葉により、檀林太皇太后の使者が御前に案内されてきた。使者は長年、太皇太后に仕えてきたと見える五十代半ばほどの女官であった。

「太皇太后さまよりお文を預かってまいりました」

女官は文箱《ふばこ》を捧げ持つようにして告げた。

「読もう」

帝は傍らに控える女官に、文箱を受け取ってくるよう促した。そして、文箱から文を取り出すなり、それを読み始めたが、先ほどまで上機嫌だった表情がみるみるうちに強《こわ》張《ば》っていく。

やがて、文を読み終えた帝の顔つきは、不機嫌そうなものに変わっていた。

「いかがなさいましたか、主上」

右大臣の源常が遠慮がちに尋ねた。

「宴はこれで終わりといたす」

帝の口から思いがけぬ言葉が漏れた。源常が顔色を変えて、

「嵯峨院で何かございましたか」

と、問う。折しも、二人の父である嵯峨上皇の加減が悪い時であったから、それを気にするのは当たり前であった。が、帝は「何もない」と低い声で答えるなり、それ以上は何も言わず、立ち上がって紫宸殿の奥へと入って行ってしまった。

女官たちが慌てふためき、その後を追いかける。

残った廷臣たちは、楽師たちのもとへ出向いて、すぐに管絃の演奏を止めさせる者、

後片付けの指示をする者、帝の後を追う者、女御や更衣たちの席へ知らせに走る者と、大騒ぎの様相を呈し始めた。

小町は帝の後を追うこともできず、その場に茫然《ぼうぜん》としていたが、やがて自分に向けられた眼差しに気づいた。その先には、嵯峨院から遣わされた女官の鋭い目があった。

どうして自分がこの人から睨まれなければならないのだろうと、小町が訝しい思いを抱いていると、その女官の干からびたような唇が急に二つに割れた。

「主上をそそのかしたのはそなたか」

しわがれた声が小町に注がれる。

一瞬、何を言われたのか分からず、小町は返事に窮した。

「嵯峨院では、上皇さまが臥しておられるというのに、このような宴を開かれたことに、太皇太后さまはご立腹でおられます。よからぬ者が主上のおそばにいて、主上のお目を曇らせているのに違いない、と——」

女官の言葉は、小町が帝から聞いていた話とまるで違っていた。

当然ながら、嵯峨上皇の容態について帝は気にかけており、花の宴のことも嵯峨院側に前もって知らせていたというし、上皇の容態いかんによっては取りやめることにしていた。

では、今日になって上皇の容態が急変したのかといえば、そういうことではないらしい。嵯峨院に何かあったのかと問うた右大臣に、帝は何もないと答えたのだから。

　ならば、当日、宴が開かれたこの時を待ちかねたように、太皇太后が横槍《よこやり》を入れてきたとしか考えられなかった。帝の不機嫌な様子もそれゆえと考えれば、合点がいく。宴を催すのに反対ならば、どうして前もって言ってくれなかったのかと、母を恨みたい気持ちなのだろう。

「お返事はいかに。黙っておられては分かりませぬぞ」

　女官が太皇太后の権威を笠《かさ》に着たかのような威圧する声を放った。

「申し訳ございません！」

　その時、小町の傍らに風の塊が飛んできた。驚いて隣を見ると、姉の大町がものすごい勢いで飛び出してきて、その場に頭をすりつけているのだった。

「そなたは……？」

　女官が大町に目をやり、不審げな声を上げた。

「小野大町と申します。この小町の姉にございます」

「ほう」

「確かに、この度のことはすべて妹の愚かさが招いたこと。どうか至らぬ妹をお許しくださいませ」

　大町はひと息に言い切った後、頭を下げたまま深呼吸をして、さらに言葉を続けた。

「妹の不始末は、姉であるこの大町が責めを負うべきもの。どうか、太皇太后さまのお慈悲をもちまして、お許し願いたく。妹にはよく言って聞かせますゆえ」

「そなたの殊勝な申し出は、太皇太后さまにそのまま伝えましょう。されど、小町の方は己の浅はかさを分かっているのかどうか」

頭を下げようともせぬ小町を、蔑むような目で見据え、女官は言った。

「これ、小町。あなたも頭をお下げなさい。ここはひたすらお詫《わ》びするより他、お許しいただく道はないのだから」

大町が上目遣いに小町を見て、忠告する。しかし、その目が嬉しげに瞬いていることに気づき、小町はあきれ果てた。

（わたくしが一体、頭を下げなければならない何をした、と——？）

そう言い返してやりたい気持ちはある。相手が女官一人ならば、それもできなくない。

しかし、この女官の背後にいるのは檀林太皇太后であり、小町が大事に想う仁明天皇の母親なのだ。たとえ相手が間違ったことを言っていても、小町が逆らえば、あの優しい帝の心を傷つけることになる。

小町は黙って頭を下げた。謝罪の言葉を述べるつもりはなかったが、檀林太皇太后の顔は立てなければならない。

「まったく、近頃の若い人ときたら」

女官は当てこすりのように聞えよがしに言い捨てた。

第四章　帝の女人

一

その日、いったん自分の局に引きこもった小町は、夕暮れ時になって不意に立ち上がると、戸口へ向かった。

「小町さま、どちらへ行かれるのでございますか」

梢が気がかりそうな目を向けてきたが、

「心配要らないわ」

小町は穏やかに微笑み返した。

「種子さまのところへ。あのままご挨拶もしないでお別れしてしまったから、気になっていたの」

花の宴が中止になり、後宮の女人たちも引き揚げることになったのだが、急なことで騒々しく、種子と顔を合わせることもままならなかった。

「それでしたら、私がお供を」

と、梢は申し出たが、大丈夫だと小町は断った。

「それよりも、そなたはここにいて、何かあったら対応してちょうだい」

「何か、とは……」

梢の表情が不安そうになる。

「たとえば、お姉さまが様子をうかがいに来るかもしれないわ。その時、そなたがここにいて、わたくしは紀更衣さまのもとへ行ったと答えてくれれば、お姉さまも余計な勘繰りをしないですむでしょう」

「大町さま……ですか」

梢は沈んだ声で呟いたが、すぐに憤りをあらわにした。

「大町さまは本当に情け知らずのお方ですわ。いくら小町さまのことを妬ましく思っておられるとしても、ご姉妹ではありませんか。妹が余所の方から責められていれば、庇うのが当たり前ですのに、それどころか、小町さまが悪いと決めつけられて……」

梢の発言はもっともなものであったが、小町が同意すれば、大町に対する梢の態度が尖《とが》ったものになり、大町をいっそう怒らせることになる。

「それでも、お姉さまはわたくしのために頭を下げてくださったわ。あの方なりに、あれが姉の役目だと思ってくださったのでしょう」

小町は柔らかな口ぶりで言い、梢をその場に残して局を出た。

種子のもとへ挨拶に行くというのは、実は口実だった。挨拶ならば別に明日でもかまわない。

だが、小町には、今日どうしても足を運びたい場所があった。

先ほどまで宴が開かれていた紫宸殿、左近の桜が見えるところである。おそらくすでに片付けは終わり、人は引き揚げ、紫宸殿の内部への出入りはできなくなっているだろう。だが、左近の桜を見るだけならば、途中で外に出て、庭伝いに行けばいい。

小町の局がある後宮の桐壺からは決して近い場所ではなかったが、小町は歩き続けてようやく紫宸殿前の庭までやって来た。

誰もいないと思っていたその場所に、一人の男が佇んでいた。

小町と同じように、この桜の樹の最も美しい姿を、目に焼き付けようとやって来た者がいたらしい。

男は小町に気づくと、振り返った。そして、驚きもせず微笑むと、

「先ほどは災難でしたね」

と、低い声で静かに語りかけてきた。

「良岑さま……」

小町は相手の名を口にし、ゆっくりと桜の樹へ近付いて行った。

「上皇さまのご病状は無論、案ぜられます。しかし、美しく咲いたこの桜には何の罪もない」

小町が傍らに立つと、宗貞は目を桜の樹に戻して言った。

小町も桜の樹を見つめた。

夕映えに照らされた左近の桜は、この世ではない別の世から現れ出たように美しく、はかない幻か何かのように見えた。手を触れれば消えてしまいそうに思われて、小町は金縛りに遭ったごとく動けなかった。

「美しいものには、見る者の心を縛る力がある」

まるで小町の内心を察しているかのように、宗貞は呟いた。

「同じく、見る者の心にひそむ邪《よこしま》な何かを呼び起こす力もあるのかもしれません」

歌うような調子で、宗貞の言葉は続く。

「ですが、それは美しいものの罪ではない。見る側の心の弱さだと、私は思います」

宗貞の目が桜の樹から小町へと注がれた。それが合図であったかのように、小町の金縛りも解けた。小町も吸い寄せられるように、宗貞を見つめた。

「あの、良岑さま。それはどういう……」

小町の問いかけの言葉は途中で切れた。宗貞がゆっくり首を横に振っているのを見たら、それ以上問うことができなくなった。

桜を照らす夕映えの明かりは、宗貞の横顔にも当たっていた。物静かで思慮深い公達の顔は桜に引けを取らぬくらい美しく見えた。

「もうよいのではありませんか」

突然、宗貞は言い出した。

その言葉は唐突すぎて、小町には意味が分からなかった。無言のままでいると、

「もう帝の女人のふりをして、宮中にい続けなくてもいいでしょう」

という宗貞の言葉が続いた。

小町は驚きの声を上げることさえできず、硬直していた。時が止まったかのように感じられ、再び体を動かすことができなくなった。

——どうして、私が帝の女人のふりをしていると思うのですか。

できるのならば、問い返したい。

もちろん、これまでも疑われてはきた。あの在原業平が言うように、仁明天皇と小町の関係は宮中の謎だったのだ。謎である以上、小町は絶対に帝の女人ではない、と言い切れる者もいなかった。事の真相は帝と小町当人にしか分からぬことである。いや、他にもう一人、真実を知る者が宮中にはいるが……。

それは、良岑宗貞ではない。

「私のもとへおいでなさい」

宗貞はそう言って、片手を小町に差し伸べた。

小町は宗貞の手を見つめた。この男に似つかわしい、指のほっそりとした、白く美しい手であった。

この手を取れば、宗貞の女になる。

誠実な男の正妻となり、心穏やかな人生を過ごしていくことの、一体どこに不満があるだろうか。相手が気に入らない男ならばともかく、宗貞のことを小町は嫌いではなかった。

ただ、宗貞の申し出はやはり唐突であった。これまで小町に好意を抱いているというようなそぶりを、宗貞はまったく見せたことがなかったのだ。

あくまでも、歌という同じ好尚を持つ友人同士、宗貞の態度はそれを超えるものではなかったのに……。

（本気でいらっしゃるのかしら）

宗貞の誠実さを疑うつもりはない。宗貞のもとへ行けば、大事にしてもらえることも分かる。

（でも、このお方は本当に、私を恋しいと思っておいでなのか）

その問いに対して、小町はそうだと言うことができなかった。

先ほどこの紫宸殿の前で起きた出来事を、宗貞は「災難だった」と小町に言った。災難に遭った女を気の毒に思う気持ちが高じて、つい今のような言葉を吐いてしまった、というところではないのか。

それならば、小町の返事も決まってくる。

「どうして、このわたくしにそんな物言いがおできになるのでしょう」

小町は嫣然と微笑み返しながら言った。

「主上はわたくしを『宮中の花』と仰せになってくださいました。それこそが、わたくしをどれほど大事に想ってくださるか、その証でもございましょうに」

実際、あの時、右大臣の源常などは、帝が女への好意を公然と口にするのは度を超している、と思ったふうであった。だから、帝は酒に酔ったということにして、冗談にまぎらわそうとしたのであろう。

それが、あの場にいた者に共通する見解であったはずだ。

(それなのに、良岑さまはそれを信じていらっしゃらない)

どうしてなのか、小町には分からなかった。

「私には、主上もあなたも痛々しく見えましたよ」

悲しげな表情になって、宗貞は呟いた。そして、小町から目をそらすと、再び左近の桜の樹をじっと見つめた。

夕映えの光が桜に当たり、花びらが燃え上がっているように見える。

「あなたは宮中に咲く花ではない」

厳かささえ感じさせる調子で、宗貞は告げた。

「ご自分でそのことに気づいておられないとは……」

続けられた呟きは独り言のようである。

「哀れなお方だ。主上もあなたも――」

宗貞はそれだけ言うと、左近の桜の横をすり抜け、立ち去って行った。

小町は凝然とその場に立ち尽くしていた。

宗貞の言葉の意味がはっきり理解できたわけではない。それなのに、どういうわけか、宗貞の言うことは正しいという気がした。

自分は、本当は宮中にいるべき女ではない。

心のどこかでは、そのことを小町自身が分かっていたからかもしれなかった。

夕映えに燃える桜の花が今はどことなく恐ろしく見えた。美しい花の陰から、小さな邪鬼が何匹となく現れ出るような気がして、小町は思わず桜の花から目を背けていた。

二

小町が姉の大町と共に宮中へ上がったのは、十六歳の時である。

それ以前、小町はずっと京で暮らしていたわけではなく、生まれは遠い出羽国であった。父が出羽国に赴任していた際に生まれた娘であり、母は当地の出身である。

父が京へ帰ってからも、小町は母と出羽国で暮らしていたが、十三歳になった年、京の小野家の意向によって都へ引き取られることになった。

朝廷に古くから仕える氏族は、年頃の娘を宮中へ上げる習わしであり、それに従うのだという。全員が全員、宮中に仕えなければならないわけではないが、一族の中で特に容姿や学芸に秀でた娘は優先して宮中へ送り込まれる。小町が美しい少女に育ったということが京に伝わり、それならば出羽の田舎に埋もれさせておくより——という話になったのだった。

小町は京と出羽とを行き来している商人に連れられ、数か月という歳月をかけて京へ上った。異母姉の大町と顔を合わせたのも、その時が初めてである。

もともと、大町は宮中へ上がることが決まっていたが、小町の容姿を見た一族の者たちは皆、小町も一緒に宮中へ上げるべきだと言った。一族の者たちが期待しているのは、二人が帝のお目に留まり、運よく皇子を授かるというもの。

もちろん、その皇子の皇位継承などを狙うのではなく、皇子の出世に伴い、小野氏も引き立ててもらおうというのである。

小野氏に限らず、紀氏や橘氏、坂上氏などは皆、同じような考えを持っているはずであった。

藤原氏は他の氏族とは一線を画していたが、百年以上も前、すでに南家《なんけ》、北家、式家《しきけ》、京家《きょうけ》に分かれていた。中でも有力なのは北家で、北家の娘たちはたいてい女御として宮中に迎えられる。それ以外の家の娘は藤原氏でも女御になれず、小野氏や紀氏の娘たちと同様、帝のお目に留まるのを待つという者も多かった。

女御になれた娘はいい。初めから帝の妻たる立場が約束されており、帝から無視されることはあり得ないからだ。

しかし、そうでない女たちにとって、宮中での暮らしは戦いも同じであった。

もちろん、誰もが帝のお目に留まりたい。それが自らの望みというばかりでなく、誰もが一族の期待を背負っているのである。

当然のように、足の引っ張り合いが行われた。

こういう時、最初に目をつけられるのは、宮中へ入ってきたばかりの若くて器量のよい娘である。小町はその格好の餌食であった。

要するに虐めに遭ったのだが、暴力を振るわれたとか、仲間外れにされたというわけではない。宮中にある噂をばらまかれたのである。

「小野小町さまは殿方に通じることのできない体だそうよ」

「あら、それってお子を生《な》すこともできないということ？」

「そう。だから、主上のお手がついたとしても、何の意味もないってこと」

「あら、お気の毒さま」

「そのお話を聞けば、主上だってお手をつけないでしょうけれどね」

「楊貴妃もかくやというばかりの美貌がもったいないこと」

あちこちでささやかれ、時には聞こえよがしに言われる。そして、二、三人で固まった女たちの口から漏れる忍び笑いが、刺々《とげとげ》しく耳に突き刺さる。

何がおかしいのですか、などと訊き返せば、それこそ相手の女たちは鬼の首でも取ったように、「別に何でもありませんわ」と言いながら、さらに顔を見合わせて含み笑いを漏らすことだろう。

それが分かっていたから、小町は黙り込むしかなかった。

こんな時に、仁明天皇からおそばに呼ばれるようなことがあれば、女たちを見返してやれるのだが、そういうことも起こらない。

そのまま数か月が過ぎた。

悪意ある噂が完全に広まり、あたかも真実のように思われ始めると、宮中に出入りする男たちの小町を見る目も変わっていった。かつては天女を崇《あが》めるような目を注いできた男たちは、不躾で卑猥《ひわい》な、好奇心を剝《む》き出しにした眼差しを向けてくる。中には、噂が事実でないことを明らかにしてあげようと言って、男女の仲になることを迫る愚かな男もいた。

こういう時、ふつうの女官であれば、宮中はもう嫌だと実家に泣きつくことができる。そうやって実家へ里帰りする娘たちも大勢いた。その中には二度と宮中に戻って来ない者もいた。

しかし、小町には頼っていける実家もない。もちろん京の小野家は存在するが、その家の人々は困った時に助けてくれる身内というより、宮中での立場を保証してくれる後見人でしかなかった。

ただ一人、共に宮中へ上がった姉の大町だけが、小町にとって身近な頼れる人であった。

「気の毒にね」

大町は小町に優しい言葉をかけてくれた。

「皆、あなたの美貌を妬ましく思っているのよ。あなたは確かに美人だもの。あたくしと違って、主上のお目に留まるに違いないって、小野家の者たちも皆言っていたわ。だから、こんなことで負けたりしないで。皆があなたに期待しているのよ」

そうした大町の慰めの言葉を、しばらくの間、小町はありがたいと思いながら聞いていた。それが姉の優しさというものだと信じていた。だが、すべてがまやかしであると知ったのは、同じ更衣の紀種子と話すようになってからであった。

「小野小町さま」

ある日、帝の衣裳を整える仕事で一緒になった時、種子は小町に声をかけてきた。

「一度、ゆっくりお話ししたいと思っていたのです。わたくしの局に来ていただけないでしょうか」

相手は小町より先に宮中へ上がり、すでに帝の寵愛を受けている女人であった。無論、断ることなど、小町にはできない。

「かしこまりました」

小町は承知したものの、姉の大町が同席しない時のことだったので、

「あのう、わたくしには一緒に参内した姉がいるのでございますが、姉にも声をかけてよろしいでしょうか」

と、尋ねてみた。すると、種子は意外にも「いいえ」と頭《かぶり》を振った。

「今日は、小町さまお一人に聞いていただきたいことがあるのです」

優しげな面差しには似合わぬ、きっぱりとした物言いだった。

それで、小町は種子に誘われるまま、その局へと足を運んだ。

口を利いたのはその時が初めてだったが、種子の評判は小町も耳にしていた。

出身の紀家は古い名族であったが、父の名虎には取り立てて言うほどの力はない。種子自身の容姿は整っていたが、人を振り返らせるほど際立つものではなく、どちらかと

いえば、おっとりしたかわいらしい女人であった。

その種子が帝のお目に留まり、ご寵愛を受けるようになったのは幸運の一言に尽きる。それが宮中での評判だった。紀氏が祀《まつ》っている神社のご加護があったのだとか、帝のお心をつかむ秘術を行ったのだとか、いろいろ言われていたが、そうしたやっかみの声はあったにせよ、種子はこの宮中での暮らしを上手にやりこなしていると、小町の目には映っていた。

「実は、小町さまに関する実にくだらなくて、馬鹿馬鹿しい噂を耳にいたしましたの」

局の中で二人きりになり、女房も女童も見えなくなると、いきなり種子は切り出した。この宮中でこうもはっきり物を言う人には会ったことがなかったので、のっけから小町は驚かされた。

「お気になさることはありません。宮中とはそうしたものだと割り切ることが、ここで生きていく秘訣《ひけつ》です」

小町が返事をする前に、種子はやはりきっぱりと言った。

驚きつつ、小町は大きくうなずき返した。

そして、内心では、何と賢い人なのだろうと思っていた。おっとりとした風貌で、少しばかりあどけなさを残した顔をしているので、あまりそうは見えないのだが、種子はとても聡明な人だ。

「ですが、その中身が低俗すぎて、聞いただけで耳が汚れる気がいたしました。当の小町さまはさぞお腹立ちでございましょう」

「……いえ」

噂の中身を思い、小町はうつむいた。自分が恥じ入る必要などまったくないと思うが、それでもそのことが話題にされるだけで嫌だったし、自分が汚されたように思ったのも事実であった。

小町の内心を察したのか、種子はその噂の中身については何も触れず、誰がこの噂を流し始めたか、また誰が進んで噂を流しているのか、少し探ってみたのだと告げた。

「まあ、そんなことを、紀更衣さまが？」

小町はまたまた驚いたが、種子は軽やかに微笑み、

「わたくしのような立場の者は、人にものを尋ねやすいのです」

と、言った。少なくとも、種子には帝の寵愛を受けているという強みがある。その種子からものを問われ、偽りを言うことはできない。帝に告げ口でもされては困るからである。

「言わずもがなのことですが、こういうことに、わたくしたちよりご身分の高いお方は関わっておられません」

と、種子は続けた。

自分たちより身分の高い方といえば、女御たちである。女御たちにはそれぞれお仕えする女房たちが大勢いる。しかし、彼女たちはお仕えする者も含め、女御同士の競争しか目になく、初めから更衣などは人の数に入っていない。だから、更衣や同じ程度の女官たちに対象を絞り込み、調べてみたのだと、種子は言った。

「それで、おおよそのことは分かりました」

「まことでございますか」

思いがけぬ話に、小町は身を乗り出した。悪意ある噂をばらまいている者が分かったのなら、当人に直談判《じかだんぱん》してやめさせればいい。相手にもよるが、場合によっては小野家に知らせるという手もある。

「噂を撒いたのが誰か、お聞きになりたいですか」

種子は小町をじっと見つめながら訊いた。

「もちろんでございます」

小町の返事に、種子はゆっくりとうなずき返した。

「実は、ここから先の話は、小町さま次第ということになります。小町さまがわたくしを信じるかどうかということにかかってくるのです」

「もちろん、わたくしは紀更衣さまをお信じいたします。今までのお話をお聞きし、紀更衣さまは信ずるに足るお方だと思いましたから」

小町は懸命に言ったが、種子は今度はゆっくりと首を横に振る。

「そうは言っても、わたくしたちは今日初めて、口を利いたようなものです。わたくしがこれから申し上げるお方の名を聞けば、小町さまは必ずやわたくしを疑います。もちろん、それでかまいません。それが当たり前ですから。ただ、その後、何を信じ、どう振る舞うか、小町さまはよくよくお考えにならなければいけません」

種子はじっくりと説き聞かせるように告げた。

その言葉の中に、引っかかるものがあった。相手の名を聞けば小町が必ず種子を疑う――とは、その相手が小町の信頼している人物ということになる。

だが、宮中に上がって、誰とも親しくなっていない小町が信頼している人物といえば――。

（まさか、お姉さま――）

それ以外には考えられなかった。そして、種子がすぐにその名を明かそうとしないのにも、大町を誘おうとした時、種子が止めたのにも、合点がいった。

（でも、でも、本当にお姉さまが……？）

種子が予言した通り、小町は疑いの心を抱き、迷った。

そんな小町の動揺を察し、種子は「お気づきになったのね」と優しく告げた。

「そうです。あなたのお姉さま、大町さまが広めていらっしゃったことなの。お姉さまが言うのだから、真実味のある話だと、皆が思ってしまったそうですよ」

「……どうして、お姉さまが――」

我知らず漏れてしまった小町の独り言に、種子はそっと吐息を漏らした。

「それは、大町さまにお訊きしてみなければ分からないことでしょうね。ただのやっかみかもしれないし、それ以外にもっと深い理由があるのかもしれません。もちろん、わたくしの申し上げたことを信じるかどうか、それをお姉さまにお尋ねになるかどうか、小町さまはゆっくりお考えになっていいのですよ」

種子は優しく小町に告げた。

同い年のはずだが、まるで姉から言われたような心地がした。この人がお姉さまならよかったのに……と思ってしまった瞬間、自分は種子の言葉を信じているのだと、小町は悟った。

大町の優しさが見せかけのものであることを、本当は自分も心のどこかで分かっていた。もともと共に育った姉妹ではないのだから、他人も同然だったのだ。だから、妹として大事にしてもらえないのは仕方がない、と割り切ることもできる。

しかし、悪意をことさら自分にぶつけなくともよいではないか。それも、こそこそ陰で隠れるようなやり方で。

種子に礼を述べ、その局を出た時、小町は大町に真相を問いただす覚悟を固めていた。

三

大町の返事はあきれるくらい、さばさばしたものであった。

少しはごまかしたり、言い逃れしたりするかと思いきや、そんなことは一切なく、あっさりすべてを認めたのだ。

噂は確かに自分が流したものだと、大町は悪びれもせずに言った。

「でも、あたくしはあなたをやっかんでいるのではないわ。そこのところは、はっきりと言っておきますけれど」

「では、他に理由があったとおっしゃるのですね」

怒りを必死にこらえながら、小町は静かに問いただした。

「ええ、そうよ」

「それをお聞かせください」

小町がそう言っても、大町は素知らぬふりをして口を開かない。

「わたくしは遠い出羽から上京した際、小野家の方々からくり返し言われました。そなたは宮中へ上がり、主上のお気に召すよう努めなければならない、それが小野家から宮中へ上がる娘の役目なのだ、と。お姉さまがなさっていることは、それを邪魔することとしか思えません。このこと、実家に伝えてよろしいのですね」

小町が決然と言うと、さすがに実家に知らされては都合が悪いと思ったらしく、大町はしぶしぶ口を開いた。

「あたくしはある方より頼まれて、噂を流したにすぎません」

「ある方？　それはどなたですか？」

小町はさらに踏み込んだが、ここまで口を割ってもなお、大町はその名を明かすことをしばらくの間、躊躇っていた。

「それを明かしてくださらないのであれば、お姉さまの作り話と思わざるを得ません。お姉さまは大した理由もなく、わたくしを中傷する噂を流したと実家に知らせますわ」

小町がやや強い口ぶりで言うと、大町はようやく観念した。

「太皇太后さまのご意向よ」

と、憎らしげな様子で言う。

「太皇太后さま……？」

あまりに思いがけない言葉に、小町は一瞬、姉への怒りも忘れたほどであった。

太皇太后とは仁明天皇の即位を機に、皇太后から太皇太后となった橘嘉智子である。檀林太皇太后と呼ばれていた。帝の生母である嘉智子がなぜ、たかが一人の女官に過ぎない小町を目の敵にするのか、まるで理解できなかった。だから、大町が苦し紛れに嘘を吐いているのかと疑ったのだが、一度打ち明けてしまうと、大町の口は滑らかになり、すべてを語り出した。

「太皇太后さまはね。あなたの容貌が主上を惑わせることになるのではないか、と心配していらっしゃるのよ」

「でも、わたくし、太皇太后さまとはきちんとお会いしたこともありませんのに」

「くわしいことは知らないわよ。でも、宮中へおいでになった時、あなたを見かけたのかもしれないわ。あるいは、お付きの女官をこちらへよこして、あなたの容貌を確かめさせたのかもしれない。とにかく、あなたが主上のお手付きになることは避けなければならないと、太皇太后さまがお思いになったの」

「惑わせるだなんて……」

小町は啞然として呟いた。

「そりゃあ、楊貴妃の例もあることですし。あなたがこの国の楊貴妃になるんじゃないかと恐れられたんでしょうよ。どうしてそうお思いになったのかなんて、あたくしを問い詰めたって分からないわよ」

ふてぶてしい口調で、大町は言った。

「そうだとしても、太皇太后さまが直々にお姉さまを召して、そんなことをお命じになったとは思えませせんわ」

「当たり前でしょ。あたくしは太皇太后さまのご使者の方に言われただけよ。とにかく、どんな手を使ってもいいから、主上があなたを召すことがないようにしろってね。主上がそのおつもりでいらっしゃるなら、そんなことは無理だと、あたくしは申し上げたわ。だって、主上のお気持ちをどうこうするなんて、女官にできることではないでしょう？そうしたら、その使者の方がたとえばと言って、例の噂を流す方法を教えてくれたのよ。確かに、その噂が主上のお耳に入れば、主上もその気を失《な》くされるかもしれない。それ以外に方法なんて思いつかなかった。だから、あたくしはその噂を流したの」

それの何が悪いのだ――という表情で、大町は言い切った。

その図々しい開き直りぶりにあきれつつも、大町が嘘を吐いているようには、小町には思えなかった。確かに、下劣で悪辣《あくらつ》なあの噂は、大町の頭の中で生まれたものとは考えにくい。若い女――それも男を知らぬ女が思いつくようなものではないからだ。

だとすれば、檀林太皇太后自身が考えたとも思いにくいが、その周辺にいる世慣れた年寄りの女官あたりが考え、大町の耳に入れたのではないか。大町はこれまでずっと、自分の前に現れた田舎生まれの妹が思いがけない美貌の持ち主であったことに、やはり嫉妬していたのだろう。その気持ちを、太皇太后たちに利用されたというのが正しいようであった。

こうして一応の真相は分かったものの、小町にはその後、どうすればいいか分からなかった。この真実を小野家に伝えたところで、何の解決にもならない。

小町に知られたことで、大町はこれ以上噂を広めることはしないかもしれないが、一度広まった噂は静まらないだろう。人々が飽きて忘れてしまうのを待つしかないのか、とも思ったが、その日を耐えて待つのもつらかった。

結局、小町は大町を問い詰めて知ったことを、すべて紀種子に打ち明けた。きっかけを与えてくれた種子には何らかの返事をしなければならなかったし、種子は信頼できる人と思ったからである。

「そういうことだったのですか」

小町が打ち明けた話をすべて聞き終えた時、種子は考え込むような表情を浮かべて呟いた。檀林太皇太后の意が働いていたということについて、疑うことはなかった。

「太皇太后さまが本当にそのようなご意向をお持ちだと思いますか」

母として息子を案じているといわれてしまえばそれまでだが、それにしても大袈裟に過ぎると考えていた小町は、種子の意見を聞いてみたかった。

「ええ。おそらくその通りだと思います」

躊躇うことなく、種子は答えた。

「もちろん、わたくしとて、太皇太后さまのおそば近くへ参ったわけではありませんから、その人となりを存分に知るわけではありません。でも、ご素性やこれまでの生い立ちを考えますと、十分にあり得ることだと思うのです」

と告げた種子は、檀林太皇太后橘嘉智子について、小町に語ってくれた。

嘉智子の祖父橘奈良麻呂は、都が平城京にあった頃、謀反を企《たくら》んだことが発覚して処罰された。以後、橘氏は政の中心から遠ざけられ、かつて藤原氏と並ぶ勢いを持っていた一族は完全に力を失った。

だが、橘氏には大きな希望があったという。それは幼い頃から美少女で知られた嘉智子が、いずれ宮中へ出仕すれば高貴な人のお目に留まることが期待されたからである。

当時、桓武天皇には大勢の女人が仕えており、その皇子たちも大勢いた。そして、桓武天皇の跡を継ぐのは長子の平城天皇と決まっていたが、その次はどうなるか分からない時期であった。

橘氏一族は嘉智子を誰に仕えさせるか、慎重に慎重を重ねたものと思われる。もしも平城天皇のもとに入内していたら、嘉智子の今はなかっただろう。

しかし、嘉智子は後に嵯峨天皇となる神野《かみの》皇子の目に留まり、その夫人となって後の仁明天皇を産んだのである。そのことが嘉智子の栄華を決定づけた。

ただし、これは橘氏のみで成し遂げられたことではない。

嘉智子を嵯峨天皇の皇后に押し上げるには、藤原氏の協力が必須であった。ただし、藤原氏も四家に分かれていたから、手を組む相手を間違えれば、足をすくわれていたことだろう。

ここでも、嘉智子は運に助けられた。嘉智子を後押ししたのは、藤原北家の冬嗣《ふゆつぐ》であ

る。嵯峨天皇の信頼厚い側近で、あの藤原良房の父親であった。

冬嗣の娘が嵯峨天皇の後宮に入れば、また違っただろうが、それには若すぎたことも

嘉智子を助けた。冬嗣の娘の順子は嘉智子の息子である仁明天皇の女御となって、一宮

道康親王を産み、今の世で時めいている。

「これで、お分かりになりましたか」

と、種子は小町に言った。

「太皇太后さまは何の苦労もなく皇后の座に就かれたわけではないのです。もちろん多

くの手助けや幸運があったでしょうが、その大前提となっていたのが、太皇太后さまの

ご容貌のすばらしさでした。だからこそ、藤原北家一門も太皇太后さまの後押しをした

のです」

そして、小町さま、あなたも同じようにお美しい——と、種子は躊躇いも見せずに言

い切った。

「だからこそ、太皇太后さまはご心配なのでしょう。あえてご無礼を承知で申し上げま

すが、ご自身が野心を持って成り上がられたからこそ、小町さまも同じような野心をお

持ちかもしれないと思われた。主上を惑わせる云々は多少大袈裟におっしゃっただけかもしれません。主上はとても聡明で慎重なお方ですから。でも、太皇太后さまは藤原北家の方々に御恩を感じておられます。そのため、北家の女御さまをお守りしなければならない義理がおありなのでしょう」

「北家の女御さまというと、一宮さまのお母上の……？」

「その通りです。もちろん、一宮さまをお産みになったことで、女御さまの地位は盤石なものとなられましたが、それでも念には念を、とお考えなのかもしれません」

檀林太皇太后が小町を自分と同じ類の女人と見なし、恐れをなしているのだとすれば、いくら自分は違うと言っても無駄だろう。それに、違うと言い切ることもできない。小町自身が皇后となることを望んでいるわけではないが、小野家が小町に背負わせた期待は、橘氏や藤原北家が檀林太皇太后に背負わせた期待と同じ類のものなのだから。

「小町さま」

種子は小町の目をじっと見つめて切り出した。

「このお話、わたくしに預からせてくださらないでしょうか」

「預かるとはどういう……？」

種子の考えが予想もできず、小町は困惑した。

「小町さまがこの宮中で今よりも暮らしやすくなるよう、わたくしも力をお貸ししたいのです。どうするのか、今申し上げることはできませんが、少しわたくしに時をくださいませんか」

種子の考えには思い至らなかったが、種子は信頼できる。自分にとって悪いことを、種子がするはずはないと思えた。

それで、小町はよろしくお願いしますと頭を下げた。

しかし、その後、しばらくの間、種子からの知らせはなかった。どうなったかとわざわざ尋ねるのも憚られて、小町はただ待つしかなかったのだが……。

思いがけない相手から声がかかったのは、種子と話をしてからひと月ほど後のことであった。

仁明天皇が小町を呼んでいるという。夜の御殿《おとど》へ招かれたわけではなく、まだ外の明るい昼過ぎのことであったが、帝は人払いを命じた。

「少々内密の話だ」

宮中へ上がって以来、帝を見ることは何度もあったが、間近で声をかけられたことなどない。声を聞いたことはあったが、自分にかけられた帝の声はとても温かく優しく聞こえた。

（種子さまはこのお方から大事にされていらっしゃるのだわ）

と思うと、帝を恋しく思うわけではないにせよ、種子のことが少しばかりうらやましくなった。

帝は小町に近くへ来るように命じると、

「実は、種子から話を聞いた」

と、帝は告げた。

「そなたが困っていることも、どうしてさようなことになったのかということも」

種子は帝に助けを求めるつもりだったのかと思い至り、小町はおそれ多いことだと思った。種子が自分のことで助けを求めるのなら、立場上許されるが、小町のことで相談を持ちかけるなど。

それこそ、檀林太皇太后に知られたら、小町ばかりか、種子までが憎まれやしないかと、小町はひやひやした。

「悪意ある噂の件は、実はそれとなく朕の耳にも入っていた」

帝がそう告げた時、小町はきまり悪さから顔を上げられなかった。

「それを斥けるのは何も難しくない。朕がそなたを召せば、たちどころに噂は消えるであろう」

帝は優しく告げた。その声色のどこにも、好色の響きはこもっていない。そのせいか、嬉しくもなければ、嫌な気もせず、ただ小町は困惑した。

「ですが、太皇太后さまが……」

小町が恐るおそる口を開くと、

「それだ」

と、帝は言った。それまで穏やかだった表情に、少しばかり苦悶《くもん》の色が浮かんでいる。

「母上がそなたを忌むのは、ご自身を照らし合わせてのことだろうと、朕も思う。そして、唐の玄宗が楊貴妃に溺《おぼ》れたごとく、朕がそなたに溺れないと断ずることはできぬ。朕にもそなたにもだ」

男女の仲は予測のつかぬもの——その理屈は小町にも理解できる。玄宗とて、楊貴妃に初めて会った時、己が国を傾けるほど彼女に酔うとは思わなかったことだろう。楊貴妃自身とて、自分のせいで内乱が起こり、国が傾くことになろうとは想像もしなかったに違いない。それでも、ひと度、男女の仲になってしまえば、男の心も女の心も、それ以前の自分には思いもかけなかったところへ運ばれていくことがある。

「その上で、そなたの気持ちを訊きたい」

帝は表情を改めて告げた。

小町は緊張した。帝の女人になってもよいか、問われるのだろうと思った。太皇太后から憎まれても、後宮の女人たちから今以上にやっかまれても、その茨の道を歩む覚悟があるのか、と——。

だが——。

「宮中を出て行きたいか？」

と、帝は優しく問うた。

帝から召されなければ、小町にまつわる悪意ある噂は続く。噂の火が衰えても、火種は残り続け、常に好奇の目で見られることに耐え続けなければならない。それを免れるには、帝の女人になるか、宮中を出て行くか、そのどちらかしかない。帝以外の男のものになるという方法もあったが、それは初めから小町の頭の中に存在しなかった。

帝はすべてを見越し、小町の望み通りの道を進ませようとしてくれている。

お優しい方だと思った。これほどお優しい方には会ったことがない。

だから、この方を困らせてはならないと思った。自分が宮中にいることで、帝を困らせるのであれば、自分こそが去るべきだった。そうすれば、帝は太皇太后から責められることはないだろう。

それに、そもそも小町が宮中へ上がった理由は、帝の寵愛を受けるためではない。小野家の者たちはそう思っているだろうが、小町自身には別の目的があった。そして、その目的に帝は関わりなく、そのためにこの優しい人を利用するのはとても罪深いことだと、小町は気づいた。

「主上のお優しさを知りました今、おそばを離れることに悲しみはございます。ですが……」

小町がそこまで言った時、帝は不意に片手を上げて、その続きを遮った。

「そなたの言わんとすることは分かった」

と、帝は言った。

「では、その上で、朕より一つの案を出そう。これは種子が申したことで、朕も悪くない案だと思うた」

帝の声に少しばかり楽しげな、悪戯《いたずら》っぽい響きが含まれていることを訝しく思いつつ、小町は帝の示す提案を聞いた。

それは、帝が表向き小町を召し、自らの女人として扱うが、閨を共にはしないというものであった。

「ですが、その場合、世間の人ばかりでなく、太皇太后さまをも欺くのでございますよね。それでは、太皇太后さまのお怒りを買うのではないでしょうか」

「確かに、母上の前でも、朕はそなたを寵愛しているふうに振る舞う。が、母上が恐れているように、朕がそなたに溺れることにはなるまい。また、そなたに子ができて、一宮を擁する藤原北家がやきもきするという事態にもならぬ。そして」

帝は、ここが大事なのだというように、一度口を閉ざしてから、おもむろに次の言葉を続けた。

「そなたが心ない噂で悩まされることもなくなる」

朕こそがその証となるのだからな――そう言われた時、小町は胸にあふれる思いから、顔を上げていることができなくなった。

思わずその場に突っ伏してしまった小町の前に、帝は身を乗り出すと、その肩にそっと手を置いた。

「大丈夫だ。誰も朕を疑うことはできぬ」

慰めるように、励ますように、帝の手はしばらくの間、小町の肩に置かれ続けていた。

その手の温もりは、声を立てずに泣いたあの日の震えるほどの感謝の気持ちと共に、その後もずっと小町の記憶に留まり続けている。


いつの間にか、美しい夕映えは終わりを告げ、左近の桜はうっすらとした夕闇に染まっていた。

良岑宗貞が立ち去ってから、この紫宸殿前の庭には誰も姿を見せていない。

(わたくしは、主上のことをお慕いしているのだろうか)

追憶から覚めた小町は、薄墨色の桜を見つめながらぼんやりと思った。

自分でも、本心が分からなくなりかけていた。だが、それを確かめる方法はたった一つだけある。

相手が自分に対して、艶めいた言葉をかけてきた時、嬉しいと思うか思わないか、ただそれだけだ。

男女の仲において、どちらにも振れないということはない。相手のことを、男としてでなく一人の人として好ましく思っていても、男女の仲になるのを躊躇う相手であれば、胸がときめくはずがなかった。

仁明天皇が小町にその種の言葉を使ったことは、思い返してみても、一度きりしかない。

初めにおそばに招かれたあの時だけだ。

――それを斥けるのは何も難しくない。朕がそなたを召せば、たちどころに噂は消えるであろう。

（わたくしを「召す」というお言葉を、主上が使われたあの時……）

それが自分の気持ちを推し量るよい機会であった。だが、帝の物言いがあまりに淡々としていたせいか、あるいははっきり「召そう」と言われたわけではなかったせいか、そのことの艶っぽさが小町の胸に下りてこなかった。

結果として、嬉しいのか嬉しくないのかも分からぬままになってしまった。

その後、帝は小町を寵愛しているふりを通し、二人きりになる機会も多くあった。一夜を二人で語り明かしたことさえある。

それなのに、あの日以来、帝は小町に艶めいた言葉をかけることはなかった。その種のそぶりも眼差しも見せることはなかった。帝がその手のことを口にするのは、誰かに聞かせる目的を持った時だけである。ただ、そういう時、寂しく思うことがあるのを、小町は自覚していた。

（わたくしは……）

帝の面差しがふっと消え、遠い昔に別れた男の顔が浮かび上がってきた。

その人を捜すために、小町が宮中へ上がろうと心を決めた男。おそらく、その男は小町の決意などまったく知らないはずである。

（わたくしはもう目的を果たした。あの方はここにはいない。ならば、わたくしがここに残る意味も――）

男の面差しが遠のいていき、続けて良岑宗貞の顔が浮かんできた。

つい先ほど、私のもとへおいでなさいと、小町を誘った男の端整な顔が――。

（あの時、わたくしは嬉しいとは思わなかった。でも、嫌な気がしたわけでもない）

宗貞のことを恋しく思っていないのは確かであった。

しかし、若さを失おうという今、恋しくはないけれども信頼できる男の妻になる道が、必ずしも悪いものとは思えない。宮中へ上がった十六歳の頃であれば、そんな道は人生を擲《なげう》つも同じと思ったことだろうが……。

――私は確かめてみたいと思っています。仮に、それで私の運命が狂わせられるのだとしても、あなたほどの女人に狂わせられるのなら、男として本望ですよ。

その時、なぜか若い在原業平の言葉と顔がよみがえってきた。

小町は我知らず微笑んでいた。

業平は若く潑溂として、小町がすでに失ったものをすべて持っている。相対《あいたい》して言葉を交わしていると、その大胆さと図々しさが鼻につくこともあるが、彼は夏の陽射しのような若者だと、小町は思っていた。彼の誘いに応じることは絶対にないが、彼がどんな女たちと恋をしていくのか、その人生をそばで見てみたいとは思う。

いつの間にか、左近の桜は闇の中に沈んでいた。幻のように美しくもなく、小鬼が潜んでいるかのような妖しさもなくなった桜の樹から目をそらし、小町は自分の局へ向けてゆっくりと歩き出した。

第五章　密告者の子

一

翌日、小町は改めて種子のもとへ挨拶に行くと、梢に告げた。

「昨日も伺ったのに、今日もまた紀更衣さまのもとへ行かれるのですか」

梢は怪訝そうな表情を浮かべて問い返す。

「実は、昨日はお寄りできなかったのよ」

小町が言うと、梢はさらに妙な顔をしたが、ならば昨夕はどこにいたのかとは尋ねなかった。

昨日留守にしている間に、大町が様子を見に来ることはなかったというので、小町は梢を連れて種子の局へ向かった。妹の静子が昨日のうちに実家へ帰ったのかどうか、そのことも気がかりだったが、静子はまだ宮中に留まっていた。

「いらしてくださってよかったわ。静子がもう一度小町殿にお会いできないかと、昨日から気を揉んでいたので」

小町の顔を見るなり、種子は嬉しそうに言った。その傍らで、静子がはにかむような笑顔を見せている。

「わたくしも静子さまにお会いできてようございました。せっかく花の宴のために参内なさったのに、わたくしのせいで、あのようなことになり、お詫びしなければと思っておりましたから」

「まあ、昨日のことは、断じて小町殿のせいなどではありませんし、あの場にいた者は主上も含め、そのことは分かっておりますわ」

種子が力のこもった声で言う。

静子は口を開かなかったが、姉の言う通りだというふうに、何度もうなずいてみせた。

「あの後は、何事もございませんでしたか」

心配そうに問う種子に、小町はうなずいた。

「はい。あの場でご使者の方に頭を下げました後は――。姉からも何も」

「あまり、お気になさらないことですよ。太皇太后さまの御事も、姉君のことも」

「わたくしは大事ありませんわ。今に始まったことではありませんから」

小町が落ち着いた様子で応じると、

「小町さまは本当にお強いのですね」

と、静子が感心したような声で呟いた。

「何をおっしゃるのですか」

小町は目を瞠って、種子と静子姉妹を交互に見返しつつ、

「静子さまの姉上の方が、わたくしよりずっとお強いですし、その上、賢くてもいらっしゃるのに」

と、言葉を返した。

「まあ」

種子は声を上げ、謙遜していらっしゃるのよと、妹に笑いかけた。

「それにしても、昨日、ご披露になったお歌はお見事でしたわ」

種子は不意に明るい声になって告げた。

「主上が口ずさまれていたので、わたくしどもにもはっきり聞こえましたの。花の色はうつりにけりないたづらに……」

と、種子は昨日、小町が披露した歌をすべて正確にそらんじてみせた。

「小町さまがお詠いになってこそ、味わい深いものとなるお歌ですわ。昨日もどなたかがおっしゃっておられましたけれど、万葉集の頃には見られないお歌です。まさに、当世にふさわしいですわ」

静子がここぞとばかりに、小町の歌を褒め称えた。

「あの時、小町殿のお歌を率先してお褒めになられたのは、確か、在原業平さまでいらっしゃいましたよね」

種子がどことなく慎重な口ぶりで尋ねる。

「はい。確かにそうでございました。御簾の内から御覧になれましたか」

小町は、種子が業平に興味津々という様子であったことを思い出して訊いた。

「ええ。立ち上がっていらっしゃったので、遠目にもよく見えましたわ。ずいぶん背の高いお方でいらっしゃるのねえ。六尺くらいはおありなのではないかしら」

「そうかもしれませんわ」

と、小町はうなずきつつ、種子が業平をどう思ったのか、少し知りたく思った。だが、種子は業平について背丈以外のことには触れず、

「あなたもよく御覧になれたでしょう?」

と、妹の静子を振り返った。

「え、ええ」

静子は不意のことに戸惑いながらも、あいまいにうなずいた。

「あの方のこと、どうお思いになったの?」

続けて種子は妹に問う。

「どうって、その、ご評判の通り、お美しい方だとお見受けしましたけれど……」

静子は言葉を選ぶようにしながら答えたが、途中でふと思い出した表情になると、

「あの方が、誰よりも真っ先に小町さまのお歌をお褒めくださったので、嬉しく思いましたわ。わたくしが心の中で思っていたことを、あの方が代わって言ってくださったようにも思われて」

と、これだけは言っておきたいというふうに、静子は告げた。

「それなら、あの方を気に入ったということなのですね」

種子は妹に念を押すような調子で尋ねる。

「えっ？」

静子は困惑した表情を浮かべた。

「実はね、あなたにも黙っていたのだけれど」

と、言い置いてから、種子はじっと静子を見つめ、打ち明け話を始めた。

「あなたのもとへ、在原業平さまからお文が届いたらしいのですよ」

「ええっ！　わたくし、何も聞いていないわ」

静子は驚きの声を上げ、姉に抗議するような口ぶりで言った。

「父上があなたには知らせるなと、周りの女房たちにお命じになったそうよ」

「ひどいわ。そんな大事なことを、当のわたくしに秘密にしておかれるなんて」

静子は口を尖らせて言う。その表情はそれまでよりも幼く見えて、小町は静子のこと

を微笑ましく見つめた。

「わたくしは父上から頼まれていたの。文のことを知らせる前に、在原業平さまのことをあなたの目に触れさせて、その上で打ち明けてほしいって」

「別に、お姿を見る前にお文のことを知ったって、かまわないでしょうに」

静子は不満そうに呟いたが、「そんなことはありません」と種子は言い返した。

「在原業平さまはお血筋もよく、ご評判も高いお方です。そのようなお方からお文を頂戴したと知れば、あなたはそれだけで舞い上がっていたでしょう。業平さまを見る目も曇っていたはずです」

種子から少し厳しい口ぶりで言われると、静子は黙り込んだ。

「それで、種子さまは在原業平さまにご関心をお持ちだったのですね」

昨日の静子の態度に合点がいって、小町は呟いた。

「実はそうだったのです。小町殿には打ち明けてもよかったのですけれど、昨日は言いそびれてしまって」

種子はそう断ってから、小町を相手に話を続けた。

「わたくしの父は、わたくしども姉妹をいずれも宮中へ上げようと願っておりましたが、業平さまからのお文を見て、少し考えを変えたようなのでございます。業平さまは臣籍に降られたとはいえ、まぎれもない桓武の帝のお血筋。父方をたどれば曽孫《ひまご》ですけれど、母方では御孫に当たられます。お父上とお母上がいずれも、親王さま、内親王さまというめったにない高貴なお血筋。そのようなお方の北の方として、大事にしていただけるのであれば、宮中に上がって大勢の女人と寵を競い合うより……」

「ちょっとお待ちください」

長く続きそうな種子の言葉を、小町は申し訳なく思いながらも遮った。

「業平さまがすばらしいお血筋であることに異論はありません。あの方がご出世するのも間違いないでしょう。そして、主上のご寵愛を競い合う後宮の暮らしが、決して心穏やかなものでないのも確かです。けれども、業平さまの妻になっても、その点はさほど変わらないのではないかと、わたくしは思うのですが……」

「えっ、どういうことですか」

意表を衝《つ》かれた様子で、種子は目を丸くした。

「その、業平さまは妻お一人を大事になさるお方ではないと、思うのです」

小町は言葉を選ぶように注意しながら、慎重に答えた。

「もちろん、静子の他に妻をお持ちにならないなんてことは期待していませんよ。でも、後宮と比べれば……」

「いえ、同じようなものか、もしかしたら、それ以上にお心を煩わされるかもしれません」

「後宮以上ですって……？」

言うなり、種子は絶句した。

「お血筋からすれば、大勢の妻をお持ちになるのが当たり前ですし、あのご容貌です。女人が放っておかないということもあるでしょう。ですが、そんなことよりも、あの方ご自身が……」

「もしや、色好みでいらっしゃる？」

「おそらくは――」

小町はゆっくりとうなずいた。

「もちろんまだお若いですから、先のことは分かりませんが、この際ですから申し上げておきますけれど、わたくしもあの方に誘われましたの」

「何ですって。小町殿は主上にお仕えする女人だというのに……」

「何でも、わたくしが主上の女人かどうか、疑っているんだそうですわ。気になるのなら、ご自分で探ってごらんなさい、と申し上げたきりになっておりますが」

種子は驚きの余り黙り込んでしまった。

「ですから、わたくしは、静子さまの夫として、あの方がふさわしいとはあまり思えません。もちろん、これは静子さまのことを大切に思うがゆえの差し出口ですけれど」

「もちろん、小町殿のご親切心を疑ったりなどいたしません。でも、そういうことなら、あのお方へのお返事は慎重にした方がいいでしょうね」

父上にもしっかりとご忠告しておかなければ——と、種子は自分に言い聞かせるように呟いた。

それから、思い出したように傍らの妹に目を向けた。

「あなたも今の小町殿のお話をきちんと聞いていましたね。今後、業平さまからお文が届いたり、お誘いを受けるようなことがあっても、安易なお返事をするような真似は慎まねばなりませんよ」

種子は若い妹に釘を刺した。

「わたくしは別に、業平さまのことを気に入ったなんて、一言だって言っておりませんわ」

静子はつんとした様子で言い、姉から目をそらしてしまった。

確かに、静子は業平のことを評判通りの美男子だと言っただけで、取り立てて褒めたわけでもない。仮に業平を好ましいと思っていたにせよ、小町を口説いたという話を聞けば、熱も冷めたのではないかと思うが……。

（種子さまのお妹君なのだもの。わたくしだって、静子さまには幸いになっていただきたい）

業平の妻となることが必ずしも不幸だというわけではないし、小町自身、業平のことを嫌いではなく、その恋の遍歴をそばで見ていたいなどと思いもした。それなのに、静子と結ばれるという話を聞けば、異を唱えたくなってしまう。

（本当に男と女の心というものは、不思議なもの）

恋しいと思う気持ちだけを言うのではない。もっと別の、もっと複雑な、恋ではないのに慕わしいと思う気持ちも世の中にはある。

昨日、思い浮かべた男たちの顔を今も胸の中に抱きながら、小町はそんなことを思っていた。

二

春頃から床に就いていた嵯峨上皇の容態が急変したのは、何とか持ちこたえた夏が過ぎ、秋を迎えて間もない頃であった。

しかし、暦上は秋になっていたとはいえ、七月の初めの頃は残暑がまだ厳しかった。そして、この月の十五日、嵯峨上皇は崩御する。

宮中はいっせいに喪に服し、どこもかしこも重い静寂に包まれた。

後宮も例外ではなく、女御、更衣をはじめ、女官たちは皆、色鮮やかな装束を脱ぎかえ、墨染めの衣を身に着けている。誰もが何とはない不安を抱える中、女たちは仲のよい者同士、ひっそりと身を寄せ合うようにしていた。

小町はこういう時、紀種子と一緒に過ごすことが多い。種子の局の方が大きいので、たいていは小町の側からそちらへ足を運ぶのだが、崩御から二日後の十七日もそうだった。

小町が訪ねていくと、この時、母のもとにいた常康親王もやはり薄墨色の衣を着て、神妙な表情を浮かべていた。上皇や天皇の崩御という一大事の折は、政局が不安定になるもので、何が起こってもおかしくない。特に、皇位継承の見込みがある皇子の周辺は緊張するのが常であった。

常康親王などは母親の身分からして、その見込みがかなり低い方ではあるが、それでも種子は心配だろう。

「ご実家の方から、どなたかお見えになることはないのですか」

こういう時、外戚の力がものを言う。種子の父の名虎やその子息有常《ありつね》などが、本来なら駆けつけてきて、種子と常康の身を守るのが道理なのだが、

「父も兄も職務で手が空かないのでしょう」

と、種子はあきらめがちな口調で答えた。

「ですが、この先何が起ころうとも、わたくしたちが巻き込まれることはありますまい」

種子は泰然自若としていた。

母がそういう態度でいると、幼い息子も安心できるらしく、常康親王の表情は決して不安そうではなかった。

「一宮さまと母君の女御さまのご周辺は、いろいろと落ち着かないことでしょうけれど」

と、種子が言うのは、一宮道康親王は次の東宮となる見込みが最も高いからであった。

「女御さまのおそばへは、今頃、北家のご兄弟の方々が駆けつけておいででしょうね」

種子の言葉に、さもあろうと小町も思った。

道康の母順子はすでに父の冬嗣を亡くしていたが、良房をはじめ頼もしい兄弟たちがついている。

(確かに、あの良房殿などは今頃、一宮さまのおそばに付ききりでいらっしゃるのでしょうね)

藤原北家を率いる野心家の顔を、小町はふと思い出したりした。

そんなふうに、種子と話をしながら過ごしているうち、ややあってから、種子の局へ思いがけない客人が現れた。

「こちらでは、何かお困りのことはありませんか」

と言って顔を見せたのは、少し前に噂していた道康親王その人である。

まさか、良房を引き連れてきたのではないかと、小町は一瞬疑ったが、付き従っているのは女官だけであった。

「まあ、一宮さまがおいでくださるなんて」

種子はさすがに顔色を変えたが、

「お気になさらないでください。主上のお手が空かないので、私が代わりに皆さまのご様子をお伺いしているだけですから」

と、道康は気さくな調子で告げた。

「それは、濃やかなお心遣いをもったいのうございます」

種子は礼を述べ、続けて常康を呼び寄せて挨拶させた。次いで、小町も道康の心遣いに礼を述べた。

「されど、一宮さまこそ大事な御身。お姿がお見えにならないと、お母上がご心配になるのではありませんか」

小町が続けて言うと、種子もうなずいて言い添えた。

「本当にその通りですわ。今のような時は、女御さまもお心細くていらっしゃるでしょうから、一宮さまがおそばに付いていて差し上げなければ」

「母上のもとには伯父上がおいでですから、私がいなくとも大事無いのです」

道康は二人の女たちの気兼ねに対し、あっさりと答えた。

「藤原中納言さまのことですか」

「そうです。前にも申しましたが、私はあの伯父上が少々苦手で。ですが、かような時は誰よりも頼りになるお人ですから」

道康のその最後の物言いに、少し含みがあるように思われ、

「あの、一宮さま。宮中で何かございましたか」

と、小町は尋ねてみた。注意して聞けば、帝の手が空かないという道康の言葉も引っかからないわけではない。むしろ、このような時は何事も慎み、喪に服するのだから、何かで忙しいということはないのである。もちろん、喪に服することで、手が空かないという言い方もできなくはないだろうが……。

するると、案の定、道康は返事を躊躇うように黙り込んだ。

小町と種子は目を見合わせた。

「差し支えのないことだけでかまいません。何かあったのであれば、わたくしの実家にも軽挙を慎むよう伝えたいと存じます。七宮の行く末にも関わることでございますから」

種子が懸命な面持ちで告げると、道康はなおも少し躊躇っていたが、やがて心を決めた様子で「分かりました」とうなずいた。

「確かに、外戚がよからぬ騒動に巻き込まれれば、七宮の今後に関わってきます。私と

しても、七宮はかわいい弟。いや、それ以前に、主上が特に七宮に目をかけておられるのですから」

自分に言い聞かせるように、道康は言い、種子は恐縮した様子で目を伏せた。

それから、道康の言葉により、種子は人払いをした。それまでも大人たちの話には加わらず、少し離れて書物を開いていた常康を奥へ引き取らせ、女房たちも遠ざけた。小町は自分も下がろうかと持ちかけたが、道康がかまわないと言うので、種子と一緒に道康の話を聞く。

「実は私もくわしいことは分からないのですが、嵯峨院の離宮にいる太皇太后さまのもとへ密告があったらしいのです」

「密告……」

日常の暮らしの中では聞くはずのない言葉に、小町も種子もどきっとした表情を浮かべた。

「まさか、謀反が企まれたということでしょうか」

種子が尋ねた。しかし、道康は首を横に振る。

「いえ、そうとは聞いておりません。謀《はかりごと》があったのは確かなようですが……。実は主謀者の名も、私は知らないのです。ただ、東宮さまの側近が関わっているらしいことと、密告した人物が阿保親王さまだと、耳にしただけで」

「えっ、阿保親王さま?」

小町は思わず声を上げてしまった。東宮恒貞親王の周辺で謀があったかもしれないということよりも、阿保親王が密告者になったということの方が驚きだった。

これまでも、誰かの密告により謀が発覚したことはある。しかし、それは下級の役人であるとか、謀反人に仕える立場の者であるとか、地位や立場の重くない人物ばかりであったはずだ。

そもそも、密告などという、大局からすれば正しくとも、誰かを裏切るという後ろ暗さを伴う行いは、身分や地位のある人物がすることではない。

それなのに、親王とも呼ばれる人が密告などをしたというのか。

(あの業平さまのお父上が……)

時節外れの雪が降った日の朝、業平を連れて参内した阿保親王の姿がふと思い出された。そして、あの時、阿保親王と一緒にいたのが――。

(藤原中納言、良房さま)

あの日、たまたま一緒にいたからと言って、二人が常日頃から親しくしていたとは限らない。

だが、小町は何か嫌な予感がしてならなかった。まるで良房が阿保親王を操って、誰かを陥れようとしたとでもいうかのような――。

（そんなはずはない。そんなはずは……）

何度も打ち消そうとするのだが、一度生まれた疑惑の翳《かげ》はなかなか消えなかった。

密告されたのが東宮恒貞親王の側近らしいというのも気にかかる。何を企んだのか分からないが、これによって失脚するのは恒貞親王である。

代わって浮上するのは、まず間違いなく、今目の前にいる道康親王だ。良房が何としても即位させたいと願っている、藤原北家の血を引く皇位継承候補である。

道康自身も、自分がそういう立場にあることは分かっているのだろうが、口ぶりから察する限り、さほど大事件になるとは考えていない様子であった。

「東宮さまはそのことに関わっておられるのでしょうか」

種子が恐るおそる小声で呟いた言葉に、「それはないでしょう」と道康は力のこもった声で答えた。

「東宮さまは見識を備えたお方です。前に、ご自身がその器ではないと東宮位を辞退なさったことがあるとも聞きました。そのように謙虚である上、野心などお持ちにならぬお方なのです。謀があったとしても、周囲の者の勇み足に違いありません」

道康の言葉は理に適っており、それが真実に近いのだろうと、小町には思われた。道康がこう言う以上、仁明天皇の考えもそれに近いものと思ってよいのではないか。

幸い、小町の小野家も、種子の紀家も、恒貞親王の身近に仕えている者はいなかった。

不安が消えたわけではないだろうが、種子も少しばかりほっとした表情を浮かべている。

「ご実家には、何事も用心し、軽挙を慎むようお伝えになればよいでしょう」

道康の言葉に、種子は無言でうなずき返した。

「何かあったら、すぐに私にお知らせください」

できる限りお力添えいたします——と、力強い言葉を残して、道康は去って行った。

「頼もしいお方になられましたね」

小町が感銘を受けた声で呟くと、種子も「本当に」とうなずき返した。

「あの、もしかしたら見当はずれかもしれませんが、一宮さまがこちらをたいそう気にかけておられるのは……」

小町が言いかけると、種子は少し困惑した目の色を浮かべ、

「お考えのこと、間違っていないと存じますわ。でも、そのことは今は——」

と言い、首を小さく横に振る。

道康親王はあの時、静子を見かけ、文を送るというようなことを言っていたが、その通りに行動しているのであろう。今年の春のことだが、その時すでに、静子は在原業平からも文をもらっていた。その後、どうなったのかは聞いていなかったが、少なくとも道康は静子への想いを今も募らせているらしい。

どうまとまるのであれ、静子が望む形であってほしいと思いつつ、小町はふと業平のことが気にかかった。父親が密告者となったことに対して、あの堂々と自信に満ちた若者の心は何を思い、何を感じたのだろう。

（傷ついていらっしゃるのではないかしら……）

そう思いを馳せると、小町の胸もかすかに痛んだ。

三

外では大事件が起こり、それにまつわる動きがあるのは間違いなくとも、後宮の中は静まり返っている。あちこちで、事件についてささやかれはしたが、それが信じるに値するものかどうかは誰にも確かめようがなかった。

小町はその間も種子と顔を合わせていたが、道康親王がその後、現れることはないという。無論、帝のお渡りがあることもなく、日は過ぎていった。

小町が事件のその後について知ったのは、七月も終わりかけた頃であった。

「あのう、小町さま。こんなものが戸口に挟まっていたのですが」

梢が困惑ぎみの表情で差し出してきたのは、折り畳まれた結び文である。

「まあ、どなたかが来られたのかしら」

小町は梢に尋ねてみたが、梢はまったく気づかなかったという。

「上皇さまのご崩御以来、後宮へ挨拶に来られる方もめっきり減ってしまったから」

こんなふうに文を置いていく人もいなくなったものだが……。

いったい、誰がこんなことをしたのだろうと、近頃めっきり涼しくなった秋の季節も手伝って、しみじみした気持ちになりながら、小町は文を開いた。

花も散り命も露と消えにけり　君がこたへをいさよひの月

一首の歌が綴《つづ》られている。それはいい。和歌を贈るのはごくふつうのことだし、筆跡もなかなか見事である。

しかし、この歌の中身は、どう受け止めたらいいのだろう。

——花も散り、私の命も露のように消えてしまった。私への返事を十六夜《いざよい》の月のように、あなたが躊躇っているうちに。

花に露に月と、美しい事柄を詠み込んではいるが、内容は小町への恨みつらみに尽きている。

歌の中では、私は死んだと言っているが、本当に死んでいるわけはないのだから、ここは死にそうだと言いたいのだろう。ならば、この歌は返事をくれなければ死んでやる、という脅しのつもりか。

（まったく、こんな歌を贈ってくるなんて。何を考えておられるのやら）

筆跡には見覚えがあった。

これまでにも何度か文をもらったことがある。返事をしたことは一度もなかったが、それくらいでへこたれるような相手ではないはずだ。

在原業平――血筋のよさと類まれな美貌によって、あり得ないほどの自信を身につけた男。

その業平が、自分はもう死ぬと言っている。

（もしや、お父上のことで相当気弱になってしまわれたのでは……）

阿保親王の密告の件は、事実かどうかも小町には確かめようがなかったし、その後、業平とも顔を合わせていなかったから、その胸の内も知りようがない。だが、小町なりに業平のことを心配し続けてきたのである。

それなのに、こんな恨みがましい歌を贈ってくるなんて――と、怒りと不安が同時に湧いてきたが、その時、小町は歌の脇に走り書きがあることに気づいた。

「ただちに左近」

と、書かれている。左近と見た時、歌の「花」の文字とすぐに結びついた。

これは、左近の桜のところへすぐに来い、という意味ではないのか。左近の桜を見て、小町自身が歌を詠み、それを真っ先に褒めたのが業平だった。二人にまつわる思い出というほど大袈裟なものではないが、業平があの場所を指定するのはいかにもありそうなことに思える。

小町は紫宸殿前の庭へ急いだ。

まさか、本当に死ぬつもりではないだろうが、あの業平が弱気な発言をしていることに心がざわざわした。

（花も散り、命も露と……）

業平の詠んできた歌が、いつしか業平自身の声となって、小町の耳もとで鳴っている。

（業平さまっ！）

小町は息を切らしながら、紫宸殿前の庭に足を踏み入れた。

左近の桜に、右近の橘。

桜の開花より遅く、夏のさなかに花開いた橘の樹も、今は花をつけていない。常緑の橘は葉が青々としていたが、桜はもう少し経てば葉も色づき始めることであろう。

その左近の桜の樹の下に立つ男の姿が見えた。背の高さから業平であると分かる。だが、業平は一人ではなく、傍らにはもう一人男がいる。中背の男が誰なのかは遠目には分からず、小町はしばらくの間、庭の隅に留まって息を整えつつ、二人の話が終わるのを待った。

話の内容までは聞こえなかったが、業平のものと思われる声が時折、苛立ったように高くなる。対する相手の男は一度も声を荒らげることなく、物静かにしゃべっているようであった。

そうするうち、業平がどうやら小町の姿に気づいたらしく、小町に向かって手を上げ、袖を振ってきた。相手の男も小町の方に顔を振り向ける。そのゆったりとした仕草と佇まいに、見覚えがあった。

やがて、業平の呼びかけに応じて、左近の桜に近付いて行くと、業平の顔も相手の男の顔もはっきりと見えてきた。

「良岑さま……」

業平と一緒にいたのは、良岑宗貞であった。花の宴の折も隣り合わせて座っていたが、今も親しくしているのかもしれない。と、小町は思ったのだが、

「さあ、宗貞殿。もういいでしょう。私の待ち人がこうして来たのですから、あなたは退散してください」

業平は親しみなどまるでこもらぬ冷淡な声で、宗貞に告げた。

「なるほど。待ち合わせていた相手とは小町殿でしたか。私を遠ざけんがための拵《こしら》えごとかと思っていましたが、そうではなかったらしい」

宗貞は小町と業平を交互に見ながら、穏やかな声で告げた。

別に待ち合わせていたわけではない、と言うべきかどうか迷ったが、業平の不機嫌そうな顔を見て、小町は黙っておくことにした。どうやら業平は宗貞から耳の痛いことを聞かされ、嫌気がさしていたようだ。宗貞は業平より十歳ばかり年長の親族なのだから、何かと忠告するのは自然なのだが、業平には口うるさいだけなのだろう。

「お分かりになったら、もう私を解き放ってください。あなたのおっしゃりたいことは十分伝わりましたから」

業平が宗貞を追い払うような仕草をしながら言った。それでも、宗貞は腹を立てることなく、かすかに笑って、

「ならば、私の申し上げたことを、しかと聞き容《い》れてくださるのですね」

と、念を押すように尋ねた。

「さあ、それは私が決めることですから。何も、あなたのおっしゃる通りにしなければならぬ義理はない」

業平はにべもない調子で言い返す。傍《はた》で聞く小町がはらはらしてしまうほど、無礼と言われても仕方のない物言いであった。しかし、業平からそのような言い方をされてもなお、宗貞は穏やかな表情をまったく崩さない。

「いずれにしても、私の目で確かめさせてもらいますよ。その上で、また必要とあれば、

口うるさいことを申し上げるかもしれません」

相変わらずの調子で言う宗貞に、業平はもう返事をしようともしない。

「では、そろそろ退散いたしましょう。でないと、業平殿からますます疎まれてしまいますから」

最後は小町に微笑みながら言い、宗貞は目礼して立ち去って行った。その姿がすっかり遠のき、見えなくなるのを待ってから、「業平さま」と小町は声をかけた。

「良岑さまにあのような物言いをなさるのは……」

と、言いかけた小町の言葉は、「ああ、もうあなたまでよしてください」という業平のうんざりした声に遮られた。

「私の無礼な態度に腹を据えかね、宗貞殿が私を見限ってくださるのなら、願ったり叶《かな》ったりですよ」

業平は子供のように口を尖らせて言った。

「あの方、本当にお節介なのです。私の父でも兄でもないくせに、あれやこれやと口うるさい。おまけに、ここ数日の間は私のことが心配でならないらしく、行く先々について回っては、私の言動にいちいち口を挟んでくる。本当にうんざりしていたのです」

「それは、業平さまのことを心から案じておられるからでしょう。わたくしとて、あのお歌を拝見した時はどきっといたしましたもの」

小町のその言葉を聞くと、業平はたちまち機嫌を直し、にやりと笑ってみせた。

「やはり、あの歌はあなたのかたくなな心をも動かしましたか。私にはやはり歌の才能があるようだ」

そういうことではない、と言いたかったが、今日の業平をあまり刺激するのはよくないと思い、そのことには触れないでおく。

「それより、どうしてあのような歌を贈ってこられたのですか」

「それは、あなたを呼び出すためですよ。いつもなら無視するあなたも、今ならば私を案じてくださるのではないか、とね。案の定、望み通りになった」

業平は無邪気な笑顔になって言う。小町は黙って、その少年のような顔を見つめ返した。しばらくそうしていると、やがて、業平の顔から笑みが消え失《う》せていった。

「やはり……あなたもご存じだったのでしょう。この度、私の父上が何をしたかということを」

「そう推測して、あの歌をお作りになり、わたくしを呼び出されたのでしょう？」

「そう、何もかも私の狙い通りだ。これで、あなたは私のものになる。主上も藤原中納言も宗貞殿も、焦がれ死ぬほど嘆けばいい」

他の人にはとても聞かせられない言葉だと思いつつ、この傍若無人の若者に対し、まったく腹は立たなかった。

「わたくしでよろしければ、何でもお聞きいたしましょう。そのために、わたくしはここへ来たのですから」

小町は優しく言った。

「ならば、夜を徹して聞いていただこうか」

業平の目に強い光がともった。挑むようなその目を、小町はしっかりと受け止めた。

「かまいませんわ。業平さまがそうお望みになるのであれば」

業平の目をじっと見つめたまま、ひと息に言い切る。しばらくの間、二人は無言で見つめ合っていた。あたかも対峙《たいじ》するかのようであった。

やがて、先に目をそらしたのは業平であった。

「そうして、私は主上と藤原中納言から憎まれ、宗貞殿から見限られるわけだ。さらに、世間からは、女の憐《あわ》れみの心に付け込んだ卑怯《ひきょう》な男と、あざ笑われることになる」

自嘲《じちょう》するように言いながら、業平は空を仰ぐようにした。夕暮れにはまだ間のある淡い色の秋空が宮中の上に広がっている。

「ここでかまいませんよ」

業平はそう言って、左近の桜の樹に背を預けるようにした。天皇の所有物と考えるべき大事な樹に、いささか無礼な態度ではあったが、今日は見ぬふりをしようと、小町は黙っていた。

「この度のこと、どこまでご存じか分かりませんが、東宮さまは廃されました。東宮さまに仕えていた伴健岑《とものこわみね》、橘逸勢は流刑だそうです」

「そう……でしたか」

花の宴の折、道康親王と連れ立ってこの庭を歩いていた恒貞親王の姿が思い出された。あの時、橘逸勢がその供をしていた姿も。

もう若くはない橘逸勢が流刑に遭い、果たして天寿をまっとうできるのか、小町は暗澹《あんたん》とした気持ちに駆られた。

「真相が分かるまでに朝廷も迷走したようですが、最後には厳しい処断となりました」

「謀反ではないと聞いていましたが……」

「初めはそういうふうに考えられていたようですが、伴健岑や橘逸勢は謀反人とされたようです」

「それでは、東宮さまは……」

かつて皇位継承者として扱われ、廃太子となった皇子が無残な末路をたどることは決してめずらしくない。桓武天皇の二人の弟たち——他戸《おさべ》親王と早良《さわら》親王は片や毒死、片や抗議の干死に（餓死）という無残な亡くなり方をしたと言われていた。

恒貞親王がそういう目に遭わされるのではないかと、小町は恐れたが、

「東宮さまは位を廃されただけです。事件には関わりなしということでしたので」

と、業平は告げた。

それはよかったと、小町が内心でほっとしたその時、

「新たに東宮となられたのは、一宮さまです。これがどういうことか、分かりますか」

突然、業平は激した様子で言い出した。

「一宮さまは以前より、次の東宮になられる方と見なされていましたから、決して不当な処遇とは思えませんが」

小町は困惑しながら言い返す。

「一宮さまがどうこうというのではありません。一宮さまを東宮にしたかったのは誰か、ということです」

「………」

「一宮さまご自身ではありません。主上でもない。それは、藤原中納言と太皇太后さまだ」

断ずるように言う業平の言葉に、小町は胸を衝かれた。

良房が自らの甥《おい》を東宮にしたがっていたのは周知の事実だし、本人もその野心を隠してはいなかった。だから、取り立てて言うほどのことではないが、檀林太皇太后の名は意外であるようにも思われ、よく考えれば当たり前のようにも思われ、小町を混乱させた。

（藤原中納言さまは太皇太后さまと結んでおられたのだ）

いや、二人が協力し合っていたのも、今に始まったことではない。檀林太皇太后は良房の父冬嗣の生前から、藤原北家と密接に結びついていたのだし、その関わりが良房の代まで持ち越されただけのことだ。

しかし、二人が結託して、恒貞親王を東宮の座から引きずり下ろしたとなると、見方が変わってくる。

そこまで考えた時、小町ははっとなった。

（わたくしはどうして、お二人が廃太子を企んだと思ってしまったのだろう）

今回の事件は、恒貞親王側近たちの謀反なのである。朝廷はそう判断し、処分を下した。それなのに、どういうわけか、日の当たる場所で行われた処分を妥当なものと考えるより、裏の陰謀によって東宮と側近たちが嵌《は》められたのだ、という印象が先に来てしまう。

そんな小町の内心を察したかのように、

「そうですよ。今回の一件、裏で糸を引いていたのはそのお二人です」

と、業平が暗く皮肉っぽい声で言った。

「わたくしは、何もそんなふうには……」

小町は言い返そうとしたが、自分でもその声は弱々しく聞こえた。

「そのお二人の望みを察し、お二人に媚《こ》びを売って行動したのが、私の父上というわけです」

「どうして、そんなふうに決めつけられるのですか」

「この度の件が発覚したのは、私の父上が檀林太皇太后に密書を奉《たてまつ》ったからなのです。太皇太后はそれを藤原中納言に知らせ、中納言が主上に上奏した。しかも、伴健岑も橘逸勢も最後まで罪を認めなかったといいます。それなのに、朝廷は罪人と判断した。すべて、藤原中納言と太皇太后の思惑の通りに動いたのです」

それから、業平は自分が知る限りの事件のあらましを、滔々《とうとう》と述べ始めた。何かに憑《つ》かれたような調子で物語る業平の話を、小町は黙って聞いた。

事件が発覚したのは、嵯峨上皇の崩御の二日後であったという。その時に分かったのは、伴健岑と橘逸勢が東宮恒貞親王の身を案じ、東国にお連れしようと謀ったというものだった。

阿保親王はその計画に誘われたが断り、檀林太皇太后に事を知らせたということらしい。

それだけで謀反と言えるかどうかが難しく、朝廷の判断も迷走したようだが、東宮である恒貞が東国へ赴くことには大きな意味がある。朝廷の支配力が脆弱《ぜいじやく》な土地で、恒貞を新しい支配者として反旗を翻し、朝廷からの独立を目指すことが可能になるからだ。

また、東国のさらに北には蝦夷《えぞ》の暮らす土地がある。桓武天皇の計画した蝦夷討伐により、朝廷の支配力は徐々に北へと及んでいたが、それでも東国はまだ何が起こってもおかしくない土地であった。出羽国で生まれ育った小町にはそれが肌で実感できる。

この事件発覚の直後、恒貞親王は東宮位の辞退を申し出たそうだが、仁明天皇は慰留の措置を取った。恒貞親王が事件と関わりなかったことに加え、まださほど重大な事件という認識がされていなかったためだという。

ところが、数日後、事件は謀反として重く扱われることになり、東宮に仕えていた朝廷の重臣たちも処罰を受けることになった。そして、恒貞親王は責任を取らされる形で廃太子の処分となった。

処罰された重臣には藤原氏の者もおり、北家も例外ではなかった。そして、北家嫡流ではないものの、良房の上位にあった大納言《だいなごん》藤原愛発《あらち》が官職を解かれたことにより、良房はこの度、大納言に昇進したのだという。

「これが藤原中納言、いや、大納言と太皇太后の企みであり、私の父上がその手先となって動いたことは、この朝廷の誰もが分かっている」

業平は投げやりな調子で言い捨てた。

「ですが、阿保親王さまは東宮さまのご側近から謀に誘われた、と明言されたのでしょう」

「そうですよ」

不貞腐れた業平の物言いは変わらない。

「業平さまはどうしてお父上を疑い、謀反人とされた人々のことを信じようと思うのですか」

小町の率直な問いかけに、業平は唇を引き結んで無言を通した。

「お父上を知る以上に、その人々のことをよく知っていたのですか」

「伴健岑や橘逸勢のことはよく知りません。ですが、藤原大納言を見ていれば事のからくりは分かる」

「それでも、朝廷が阿保親王さまの発言をお信じになったのであれば、それが主上のご意向ということです。業平さまもそれに従われなければならないでしょう」

「主上とて……」

業平はその顔をつらそうにゆがめながら、躊躇いがちに切り出した。

「そのお胸の内を忖度するのはおそれ多いことですが、内心では疑っておられたかもしれない。けれども、お母上のおっしゃることだ。あからさまに疑うこともできなくて……当たり前です」

「主上のお胸の内の苦しみとつらさを、業平さまは推し量ることがおできになるのですね」

確かに、仁明天皇の心を業平以上に分かる者は、この朝廷にいないだろう。檀林太皇太后の仕打ちに悩む仁明天皇と、阿保親王の仕打ちに悩む業平は、対象が父親か母親かという違いを除けば、まったく同じ立場なのだから。

「それでしたら、主上が耐えていらっしゃるのと同じつらさを、業平さまもまた、耐えることがおできになるでしょう。いえ、業平さまの耐える姿を御覧に入れることが、主上のお心をお慰めすることにもなるのです」

「あなたのそのお言葉、宗貞殿が私におっしゃったのと、ほとんど同じですよ」

業平は皮肉っぽい笑みを口もとだけに浮かべて言った。

「けれど、宗貞殿もあなたも分かってないんだ」

業平はいきなり少年のような物言いになって続ける。

「どういうことですか」

「私はつらいなんて思っていません。私は何も悪いことをしていないし、父上だって、人から非難されるようなことをしたわけではない」

つい先ほどまで、自分こそが父親を非難する言葉を吐いていたのを、完全に棚に上げている。

「ただ釈然としないだけです。これは違う、何かが間違っているという気がしてならない。私の父上が謀反の密告者になるなんてことが、私の人生に起こっていいはずがないんだ！」

他の者が口にすれば、いったい何を言うのだと笑ってしまいそうな、幼稚で純粋でわがままな物言い。だが、業平には似合っている。恐ろしいほどに――。

「しようのない人ね」

小町は業平の目の前へ移動すると、桜の樹にもたれかかる男の頬に手を差し伸べた。相手の背が高いので、背伸びするような格好になる。

業平が驚きの余り、大きく目を瞠った。

「人生がすべて、ご自分の思い通りになるとでも、本気で思っておられたのですか」

「………」

「人の一生など、意に染まぬことの方が多いものです。だから、本気で願うことの一つでも叶ったなら、それでよい人生だったと思うべきなのですよ」

「……たとえば、恋が一つ叶うというような？」

業平が少しかすれた声で緊張ぎみに問う。

「ええ。本気で想う相手が、自分を想ってくれるなんて、砂の中に一粒の黄金を見つけるようなものではありませんか」

「そう……かもしれない」

めずらしいことに、業平は小町の言葉を素直に聞き容れた。

「だから、あなたが私を想ってくれたなら、私は私の人生をよいものだったと思えるんだ」

業平は熱に浮かされたように言いながら、自分の頬に触れる小町の手に、自らの手を添えようとする。が、小町はそれより一瞬早く、業平の頰から手を離した。

茫然とした業平の顔に、一瞬遅れて不満そうな色が浮かび上がる。お預けを食らった子供のようだと思いながら、小町は朗らかな微笑を浮かべた。

第六章　帝の密命

一

承和九年を騒がせた騒動は、後に「承和の変」と呼ばれることになり、恒貞親王の廃太子、道康親王の立太子をもって、ひとまずの決着を見た。

そして、翌承和十年春、紀種子の妹静子は、東宮となった道康親王のもとへ入内し、その寵愛を受ける身となった。同じく後宮で暮らす種子と区別するため、三条町《さんじょうのまち》と呼ばれることになる。

「東宮さまは昨年の花の宴の席で、妹のことを見初められたそうなのですが、実は妹の方も同じ気持ちを東宮さまに抱いていたみたいで」

と、種子は小町に打ち明けた。

「やはりそうでしたか」

小町はあの時、頬をほのかに染めていた静子の様子を思い出してうなずいた。宮中へ上がること、ましてや東宮となったお方の寵愛を受けることは、決して安穏な暮らしを約束するものではなかったが、静子自身が望んだ道であれば、すべてが違ってくる。

静子のためにも道康親王への入内が決まってよかったと、小町は心から安堵《あんど》していた。

それは、仁明天皇にしても同じだったようで、ある春の夕べ、ささやかな宴が催された。ここに呼ばれたのは、道康の母である女御の順子、その兄の藤原良房、静子の姉の種子、そして小町であり、当の道康と静子は含まれない。

静子の父である紀名虎も招かれたのだが、その身分ではないと辞退したという。小町も二人の血縁者でないことを理由に、辞退しようとしたのだが、

「東宮が三条町を見初めたのは、昨年の花の宴というではないか。あの宴はそなたのために開いたようなもの。ならば、功労者としてそなたがいなければ始まらぬ」

と、仁明天皇は告げた。

「でも、あの宴は……」

檀林太皇太后の抗議によって中断させられたという苦い記憶がある。おめでたい宴の席に、あの記憶を持ち込むのは縁起でもないし、むしろ興醒めなのではないか。そんな小町の言葉に、仁明天皇は言葉を返した。

「あの時は嫌な思いをさせてしまったが、今度の宴はささやかなものだ。大体、順子や良房も参るのに、母上が何かおっしゃるものか。いいや、誰にも何も言わせぬ」

種子もまた、小町が辞退しようとしていると聞くや、

「女御さまや藤原大納言と同席するのに、わたくし一人では気詰まりですわ。主上が小町殿もお誘いするとおっしゃるから、それなら参りますと申し上げましたのに」

と、困り果てた様子で言う。

そう聞けば、父も辞退した宴に一人で出なければならぬ種子の気苦労も思われて、

「そういうことでしたら」と小町も顔を出すことになってしまった。

「小町殿が当日、嫌な思いをなさることがないよう、女御さまには根回しをしておきますので、ご心配なく」

と、小声で告げる種子なら、自分などいなくとも、順子や良房相手にうまく立ち振舞うと思えたが、その時にはもう参加することが決められていた。

この時の宴は、昨年の花の宴のような紫宸殿の前庭を使った大掛かりなものではなく、帝が常に住まう清涼殿で行われたが、折しも桜の季節であった。清涼殿の庭にも、左近の桜ほど立派ではないが、桜の樹があり、ちょうど七分咲きほどになっていた。

「昨年は嵯峨の上皇さまのご崩御といい、その後の騒動といい、落ち着かぬ一年だったが、桜はこうして今年も咲く。華やかでありながら静かなその佇まいを見れば、心も和む。皆もそうであろう」

帝は桜の樹が見られる廂に座を設け、参席した人々に向けて言った。

「前《さきの》東宮の廃太子に次ぐ立太子となり、道康も穏やかならざるものがあったろうが、今は東宮としての役目をしっかり果たしている。この度、妻を持つ身になったとは感慨深いことではないか」

次いで帝はその眼差しを、道康の母である順子に向けた。

「まことに、主上の仰せの通りでございます」

我が子が東宮となり、見事、藤原北家に栄華をもたらした順子は、満ち足りた様子で答えた。后の位には就いていないが、いずれ皇后、もしくは皇太后の座を与えられることがほぼ確実である。

「大納言（良房）もよく東宮を導いてくれた。道康が生まれた時、すでに外祖父の冬嗣殿は逝去していた。ゆえに、第一皇子であっても大納言の力添えがなければ、ここまで無事にこられたかどうか分からぬ。改めて礼を申すぞ」

帝の眼差しは良房へと注がれた。

「いえ。私などは東宮さまに口うるさい伯父と思われているようで。近頃はまともに目も合わせていただけぬようになってしまいました」

良房は顔を伏せたまま、慎み深い様子で答えた。

「それは、東宮がよくないな。良房は亡き冬嗣殿の代わりを果たしてくれたのだ。そなたからよく言ってきかせるように」

帝が顔をしかめ、順子に命じた。順子が恐縮した様子で、「かしこまりました」と顔を伏せる。

「そうはいっても、東宮ももう大人だ。今の態度は若さゆえのことであり、いずれ子を持てば、良房の親心ならぬ伯父心も分かるであろう」

「そうだとよろしいのですが」

相変わらず慎ましい様子で、良房が応じる。しかし、そこで不意に顔を上げると、

「我が邸《やしき》にも東宮さまに差し上げるべく、育ててまいりました秘蔵の娘がおりまして。ご存じの通り、母親は主上の妹君でございますが」

と、帝にじっと目を向けて続けた。

座の和やかな雰囲気がにわかに緊張したものとなる。

互いに想い合う道康と静子が結ばれ、皆が手放しで喜んでいるわけではない。

良房は我が娘の東宮入内を望み、静子を想う道康はそれを拒んでいたのではないか。

おそらく仁明天皇と順子がその板挟みになり、双方をなだめつつ、何とか静子の東宮入内までこぎ着けたのだ。そして、この日の宴は、先を越された良房をなだめるためのものでもあったのだろうと、小町は思いをめぐらした。

「無論、潔姫のことは忘れておらぬ」

と、良房の妻であり、自らの妹でもある潔姫の名を出し、帝は言った。

「潔姫の産んだ姫であれば、確かに東宮に仕えてもらいたいと朕も思う。しかし、急ぐことではあるまい。それに、三条町はわきまえのある賢い娘と聞いている」

さりげなく静子への賛辞も織り交ぜつつ、帝は良房を慰めた。

「主上と女御さまが、我が娘のことをお忘れにならないことを願い奉ります」

良房もこの席でそれ以上娘を売り込むつもりはないようであった。

その後は再び、場も和やかなものとなり、控えさせていた楽師たちも音楽を奏で始めた。その場の者たちは酒を口にしつつ、桜を見ながら談笑するという流れになる。

良房が杯を手に、小町のもとへやって来たのは、宴もたけなわになった頃であった。

「私の娘は今年で十五になった」

いささか唐突とも言える物言いで、良房は言った。

「先ほどお話しなさっていた姫君でいらっしゃいますね」

「もう幼くなどない。東宮にお仕えさせて十分な年ごろだ」

「しかし、あなたさまのご息女は藤原北家の大事な宝の姫でございましょう。さほどお急ぎにならずとも、東宮さまへ入内する日はいずれやってまいりますのに」

どうしてそんなに焦るのか、むしろその方が小町には不思議なくらいだった。良房の娘は道康より二つ年下で、二人は従兄妹《いとこ》同士、結ばれるのが自然な間柄である。道康が東宮になれなければ話は別だろうが、無事に東宮にもなった。後はただ、娘がほんの少し成長するのを待てばよいだけであろうに。

もしや、道康が自ら見初めた静子のことがよほど気がかりなのかと思い、

「静子さま、いえ、三条町さまはわきまえのあるお方です。あなたさまの姫君が入内なさった時、障りとなるようなことはありませんでしょう」

と、小町は良房の心を和らげるように言った。しかし、良房は少しも安心する様子など見せず、

「三条町の問題ではない。三条町がどれだけ遠慮深い人柄だろうと、東宮が三条町に溺れたらどうする？　また、我が娘が入内する前に、三条町が皇子を産むこととてあり得よう」

と、さらに切迫した口ぶりで言い募る。

「仮にそうなっても、あなたさまの姫君と張り合えるお立場ではありますまい。現に、姉君の種子さまとて皇子をお産みになり、その七宮さまを主上もたいそうかわいがっておられますが、東宮になどとは一度たりともお考えになっておられません」

紀氏を母とする皇子と、藤原氏を母とする皇子では、立場が違う。それは誰もが分かっていることであった。

「それは、主上が見識を備えたお方だからだ。東宮もそうとは限るまい」

「おかしなことをおっしゃいますのね。東宮さまはご聡明ですし、何よりあなたさまの

甥御ではありませんか。あなたさまの姫君を粗略に扱うなど考えられませんわ」

首をかしげながら小町は言ったが、それに対し、良房は何やら考え込む様子で沈黙した。ややあってから、

「我が娘は東宮のもとへ入内できると思うか」

と、良房は小町に尋ねた。真剣な目の色をしていた。

「どうして、そんなにご心配になるのでしょう。あなたさまがそれを望んで、姫君が嫌だとおっしゃらないのであれば、入内はおのずから実現いたしますわ」

「入内を嫌だと言うような娘には育てていない。しかし、東宮が何とおっしゃるか」

最後は唸《うな》るような声になって、良房は呟いた。確かに、良房に対する道康の態度云々については、先ほども話題になったし、道康本人が良房を苦手だと言うのを、小町も聞いたことがある。

「東宮さまがあなたさまを避けておられるとしても、それはお若い頃に限ったことと思われますけれど」

「それならよいが……」

と、良房は相変わらずの沈んだ様子で呟いたが、その後、不意に表情を改めるとおもむろに切り出した。

「ところで、宴が果てた後、そなたの局で飲み直させてもらうことはできるか」

今はまだ日も高いが、宴が果てる頃には沈んでいるかもしれない。良房の発言は危ういものを含んでいた。

「主上がおいでの席で、大胆なお申し出ですこと」

小町は、順子と言葉を交わしている帝にちらと目を向けてから、小声で返事をした。

「今宵《こよい》、夜の御殿に招かれるのは女御であろう。女御を差し置いて、紀更衣やそなたが呼ばれることはあるまい」

「それはその通りでございますけれど、わたくしを誘ったと主上に知られてもかまわないのですか」

「前にも申したが、私はそなたを主上の女人とは思っていないのでな」

帝の耳には届かぬ程度に声を落としているものの、良房の物言いは揺るぎないものであった。

「そういえば」

と、良房はふと思い出した様子で、含み笑いを漏らしながら言った。

「そなたを必ずや落とすと豪語する男がいたぞ」

「まあ」

小町は目を瞠ったものの、良房の言う男が誰なのか、思い当たる節はある。

「もしや、在原業平さまでいらっしゃいますか」

「そうだ」

と、良房は少々不快さのこもった声で答えた。

「まさか、その話に焦りを覚えられたのでございますか」

ほんの軽口のつもりであった。業平とは違う類の、自信にあふれた傍若無人な男へのからかいをこめた――。

しかし、どんな切り返しをするかと思っていたのに、良房は無言のままであった。

「あなたさまもお聞きになったことがございますでしょう。主上はわたくしを『宮中の花』と呼んでくださいましたのよ」

「『宮中の花』とは含みのある言葉だ。『私《わたくし》の花』ではなく、『宮中の花』とはな」

今度は小町が無言を強いられた。

「そなたを主上の女人と思わぬ男は、この宮中に決して少なくない。そうあってほしいと望む男も含めてな」

「そうでしょうか。昔はいざ知らず、主上がわたくしを気にかけてくださるようになってからは、わたくしを口説こうとなさるお方など、ほとんどいらっしゃいませんわ」

「そなたを口説くのには、確かな自信がなければできぬからだ」

と、良房は確固たる口ぶりで言った。

「たとえば、主上のごとくこの国の帝であるとか、私のように身分のある正妻がいるとか、在原業平のごとく、血筋と若さと美貌を備えている、といったようなことだ」

良房の言葉は、今挙げられた三人については確かに当たっているのだろう。しかし、それではあの良岑宗貞はどうだったのかと、小町はふと思い出していた。

――私のもとへおいでなさい。

というあの言葉は、口説き文句の一つと言っていい。

だが、宗貞が自分を口説いた背後に、己への自信があったのかどうか、小町はよく分からなかった。確かに、宗貞は宮中一優美な公達であり、血筋もよく教養もある。拠《よ》って立つものは多くありそうだが、それに寄りかかる男とは思えなかった。

（では、あの方がわたくしに寄せてくださる想いとはいったい……）

そこに思いが至ったところで、小町の思考は遮られた。

「小野小町殿、少しかまいませんか」

と、藤原順子が声をかけてきたのだった。

「はい、女御さま。何でございましょうか」

小町は良房との会話を打ち切って、すぐに順子のもとへ向かった。

「主上が少々御酒を過ごされたので、少しお休みになりたいそうです。宴はそのままお続けになるようにとの仰せ。主上もまたお出ましになるおつもりなのでしょう」

見れば、いつの間にか、仁明天皇の姿はない。すでに、奥に用意された間へ引き取ってしまったようだ。

「お一人で休まれるとのことでしたが、おそばに誰もお付きしないというわけにも。ですから、小町殿がおそばでお守りして差し上げるように」

後宮の女主人というべき順子の言葉に逆らうことはできない。小町はかしこまりましたと承知した。

そして、宴の席を離れ、奥へと下がった。

仁明天皇は寝所となる夜の御殿に引き取ったわけではなく、褥《しとね》の敷かれた常の御座所で横になっているだけらしい。几張《きちょう》を立てめぐらした中にそっと入ると、帝は寝入っているようであった。小町は几張の近くに座ると、静かに帝の目覚めを待つことにした。

二

目の前に、強張った表情の恒貞親王がいる。そして、傍らには良岑宗貞。宗貞は仁明天皇自身が招いたのであった。

ああ、またか――と思う。またもや、同じ場面を見なければならないのか、と。

何度、夢に見ても同じだ。同じやり取りをくり返すだけであり、やり直すことはできない。時は二度と戻せないのだ。それは分かっているから、何度も同じ夢を見せてくれるな。

そう願っているのに、その夢はくり返し帝の眠りを侵し続けた。

昨年の七月十七日、嵯峨上皇の崩御から二日の後、東宮恒貞親王側近の企てが発覚した直後のことであった。

恒貞親王が参内し、東宮位の辞退を願い出たのである。

「それこそが、亡き父院さま（淳和上皇）の願いでしたのに、どうしてあの時、主上も嵯峨の上皇さまも受け容れてくださらなかったのですか。そうすれば、今、このような事態を招くことはなかったでしょうに」

初めから、恒貞の物言いは帝を責め立てるものであった。

自分はすべて正しく、何一つ悪事を働いていないという信念に裏打ちされたものだ。

そのことは、帝もまったく疑っていなかった。恒貞のことは生まれた時からよく知っている。

叔父淳和天皇の皇子であるから従弟《いとこ》に当たるが、恒貞の母は帝の妹である正子内親王。だから、従弟であり甥でもあるという、とても近しい間柄であった。

恒貞は聡明で、まっすぐな性情だった。父親の淳和天皇にはやや遠慮がちで気弱なところがあったが、恒貞にその点は受け継がれなかったようだ。それでいて、父の淳和天皇の言葉にはよく従い、父が東宮位を辞退するべきだと言えば、逆らわずに従う若者であった。

天皇にふさわしい器、誰もがそう思っていただろう。仁明天皇自身がそう思っていた。だから、恒貞を東宮とすることに異論などなかったし、実際、時が来れば譲位するつもりであった。我が子である道康親王を皇位継承者にと望む気持ちはあったが、それは恒貞が即位した折、道康を東宮に立てれば済む話だったのだ。

しかし、恒貞の側近たちは、ことさら恒貞の身が危険にさらされることを案じ、毛を逆立てる凶暴な獣のように警戒心を剝き出しにしていた。それが宮中の秩序を乱し、かえって恒貞の身を危険に追い込むだけだと気づきもせずに。

「東宮が側近たちの謀に関わっていなかったことは、朕を含む皆が知っておる。罪のない東宮が位を下りる必要はあるまい」

帝はこれまでと変わらぬ姿勢で、恒貞の東宮位辞退を慰留した。

「主上はそれで私に温情をお示しになっておられるのでしょうが、そのために私に仕えてくれる者たちが憂き目を見るのは耐えられません。ここで、私の辞退を受け容れてくださらなければ、この度のような事件が二度、三度と起こることになりましょう」

それは、仁明天皇の治世が不安定だと言うに等しいものであったが、恒貞自身は己の発言がどれほど不敬であるかに気づいている様子もなかった。それでも、帝は不快な表

情を見せることなく、

「まあ、落ち着きなさい。そなたは我が妹の子だ。亡き上皇さまと太皇太后さまにとっては、愛《いと》しい孫ではないか。そなたの身は、朕と太皇太后さまとで何としても守り抜く所存だ」

と、穏便な物言いをした。その時、恒貞の表情から何かが抜け落ちていった。

「この度の一件は、太皇太后さまのもとへ密告があって発覚したと聞きましたが」

恒貞はそれまでとは異なる陰鬱《いんうつ》な声で訊いた。

「その通りだが、それが何か？」

「もしも太皇太后さまが、私を愛しい孫と思ってくださっているのなら、その密告を内々に処理するよう、お計らいになったのではないでしょうか」

「そなた、何を言い出すのだ。太皇太后さまを非難するつもりか」

それは、いかに東宮であろうと許されることではなかった。しかし、恒貞は帝の言葉に恐縮したそぶりも見せず、意外なことを言った。

「今申し上げたのは私の言葉ではありません。私の母上が涙ながらに太皇太后さまを責めておられたのです」

「何、正子が……」

今や皇太后と呼ばれる身になった妹の名を、久々に口に出し、帝はその衝撃を噛み締めた。

正子にとっても、檀林太皇太后はまぎれもない実の母である。その母が自分の息子を追い込むような仕打ちをしたことで、正子は母を恨んでいるのだ。

「太皇太后さまにとって、愛しい孫と思えるのは、主上の一宮だけなのではないでしょうか」

恒貞の物言いに非難がましい響きはこもっていなかったが、淡々と口にされただけにいっそう、帝の耳に突き刺さった。ある意味、それは正しいだろうと、帝にも分かっていた。

母の檀林太皇太后にとっては、藤原順子の産んだ道康だけが大事なのだ。道康本人をかわいいと思っているのではなく、道康を皇位に就けることが使命であり、この国のためだと信じ切っているだけだ。

もはや天皇が強大な権力を握ることが叶わなくなったこの時代、その権威を廷臣たちの食い物にされぬためには、強力な外戚を持つしかない。安定して娘を天皇に差し出し、外戚の地位を確保しつつ、御世を守ってくれる強力な一族を天皇家の身内に取り込むしか——。

それが藤原北家であることに、異論を差し挟む余地はない。北家に頼って何が悪いというのだ。

帝が自らの考えに沈んでいると、

「主上」

と、恒貞が呼びかけてきた。はっと我に返って恒貞を見ると、どことなく目の色が違って見える。その目はよく知る伯父を見る目ではなく、見知らぬ誰かを警戒する目であった。

「私を流刑に処すおつもりですか。早良親王のごとく」

不意打ちの問いに、返す言葉が出てこなかった。

「どうか落ち着いてください、東宮さま」

それまで無言で控えていた良岑宗貞が、この時初めて口を開いた。

「主上は東宮さまを守ると仰せになられました。東宮さまが主上の御前で偽りを述べておられぬように、主上もまたご本心からそうおっしゃっておられます。主上のお言葉以上に、この国で信じられるものがございますか」

宗貞の低くよく通る声で諭されると、恒貞も少し落ち着きを取り戻したようであった。

それは、帝にしても同じだった。

「そなたを決して早良親王のようにはせぬ」

帝は恒貞の目をまっすぐに見据えて告げた。

帝と宗貞にとって祖父に当たる桓武天皇は、初め自らの息子でなく、弟の早良親王を東宮とした。桓武天皇の意思というより、その父光仁《こうにん》天皇の意向であったらしい。しかし、早良親王は謀反を企てた罪で廃太子の上、流刑の処分が下された。早良親王は自らの無実を訴え続け、流刑先へ向かう途上、抗議の干死にをしたという。

今回、恒貞は我が身を早良親王になぞらえている。桓武天皇と同様、我が子を東宮にしたい仁明天皇が、恒貞を廃太子にし、我が子の道康を東宮にしたがっているのだ、と——。

「東宮さま」

宗貞が穏やかな声で恒貞に呼びかけた。

「桓武の帝について、私たちが悪く言うことはなりません。たとえ、内心でそう思ったとしてもです」

桓武天皇の治世にたとえ過ちがあったにせよ、今の世がとにもかくにも安定しているのはその功績によるものだと、誰もが分かっている。そして、仁明天皇も恒貞親王も良岑宗貞も皆、桓武天皇の血筋であった。

「主上のお言葉は、東宮さまだけでなく、私もしかとお聞きしました。この私が証となりましょう。そして、おそれ多くも、我々は等しく桓武の帝の血を引いております。どうか、そのことをもって主上をお信じください」

宗貞の言葉に、恒貞はもう言い返そうとはしなかった。それ以上、東宮位辞退の件をくり返そうとはせず、慰留された形で退出したのである。

そして、数日後、側近たちの責任を取るという形で、恒貞の廃太子が決定した。恒貞にそれ以上の処分はなく、無論、流刑にもなってはいない。

必ずその身を守るという言葉は、確かに守った。

だが、東宮位を守りきってやることはできなかった。いや、正直にいえば、それを守ってやるつもりは初めからなかった。

恒貞が東宮の座を下りることはやむを得ない。ただし、辞意を容れる形より、廃太子という厳しい処断の方がよいと判断したのである。

そうでなければ、この先も恒貞を担ぎ上げようとする者があとを絶たず、新東宮となる道康の身を危うくすることになりかねない。我が子のためならば、いかなる非難をもよしとし、鬼にもなる覚悟はあった。

しかし――。

道康自身の非難が激しく向けられることになろうとは、帝の予想外のことであった。

「主上は……いや、父上は東宮さまがご辞退なさった時、それを受け容れなかったにもかかわらず、何ゆえ、廃太子の処分などを下されたのですか」

道康は自らが恒貞の跡を襲う形で、東宮となることに嫌悪を示したのだ。

「東宮を下りていただくつもりなら、初めに辞意を受け容れるべきでしょう。それを斥けたのであれば、何としても東宮さまの地位を守って差し上げるべきでした」

父上にならそれがおできになったはずだ——と、道康は言った。

そんなことはできやしない——と、帝は心の中で答えた。

檀林太皇太后と良房がそれを望んでいるのに、どうして自分一人の考えで、そうした処断が下せただろう。息子はまだ分かっていないのだ。天皇とはこの国で最も力を持ち、自らの考えで国と朝廷を動かしていけるものだと誤解している。

しかし、これから東宮になろうという息子に、そなたは間違っていると言ってやることはできなかった。

「朕に考えがあってしたことだ」

とだけ、帝は告げた。

「いかなるお考えか、お聞かせいただきとう存じます」

十六歳になっていた息子は、ふてぶてしいとさえ言える眼差しを向けて、そう訊き返してきた。

「そなたにもいずれ分かる。そして、今、そなたに聞かせてやるつもりはない」

帝はそう言って、我が子との対話を打ち切った。道康を東宮と為《な》す命令を下し、息子が不本意であることは承知の上で、それを断行した。

その結果、道康は父帝ばかりか、外戚である伯父に対してさえ、よそよそしい態度を

取るようになってしまった。母である順子に対しては、昔と変わらぬ態度で接している
ようだが、順子にもこじれた両者の仲を取り持つのはたやすいことではないだろう。

――父上は番犬の言いなりになってしまわれたのですね。

――今に、飼い犬に手を咬《か》まれることになりましょう。

――藤原北家の恐ろしい牙《きば》によって。

道康の言葉が息を吐く暇もなく、くり返し浴びせかけられる。

「よさぬか！　口を慎め」

そう叱声《しっせい》を浴びせたと思った瞬間、唐突に眠りから覚めた。

「お目を覚まされましたか」

最初に目に入ってきたのは、これまで知る中で最も美しい女の顔であった。

「……小町か」

帝は薄暗い室内で身を起こし、声を出した。

眠りに落ちる前、何をしていたのか、すぐには思い出せなかった。が、うっすらと聞こえてくる管絃の音色によって、つい先ほどまでごく内輪の宴を催していたのだと思い出した。

「宴はまだ続いているのだな」

「はい。主上がそう仰せになられましたので」

外の明かりが射し込んでいることからして、まだ陽は落ちていないのだろう。

「お水をお持ちいたしましょうか」

と、小町が言い、その用意をするべく立とうとした。その手を、自分でもそうするつもりはなかったのに、帝はつかみ、その体を引き寄せていた。

抱き寄せたというより、自らの身を投げ出したという感じだった。

小町は逆らわなかった。そして、帝の背に両腕を回した。

「しばらくでいい。このままでいてくれ」

「……はい」

小町は素直にうなずいた。

このまま抱いてしまうのは難しいことではない。小町が逆らうことは考えられないし、嫌がることもないだろう。それだけの絆があることは、実感として分かっていた。

小町に想う男がいるのではないか、という疑いはずっと前からある。だが、どれだけ時が経っても、それらしい男が小町の周辺に現れることはなかった。

ならば、もうよいではないか。まこと、朕の女人になれ、と言うことはいつでもできた。

それなのに、どうしてその一言が言えなかったのか。それは、帝自身にも分からなかった。

った。

　後ろに回された女の手がかすかに背を撫《な》ぜるように動く。傷ついた心が癒されるような安らぎと温もりが、その掌を通して注ぎ込まれた。御仏《みほとけ》の掌に包まれるような穏やかな心地に、帝はしばらくたゆたい続けた。

　ややあって、身を起こした時には酔いも醒め、疲れも取れていた。

「宴は終わりにする」

　帝は唐突に告げた。

「では、そのように申し伝えてまいりましょう」

　小町はすぐに応じた。

「そなたは残れ。他の者は下がるように伝えよ」

　その言葉に、小町はほんの少し沈黙した後、

「お残しになるのは女御さまでなくて、よろしいのでしょうか」

と、訊いた。もっともな問いかけだったが、よいと帝は答えた。

「それから、良岑宗貞を呼べ」

　次いで命じる。その後、少し考えた末に「在原業平も共に」と付け加えた。

「かしこまりました」

　と、小町は几張の外へと静かに出て行った。

三

やがて、宴の席が片付けられ、招かれた人々も楽師も帰ったその場で、仁明天皇は改めて小町と清涼殿の庭の桜を眺めた。

間もなく夕陽が落ち、灯台に火を点《とも》させた頃になって、良岑宗貞と在原業平が連れ立って現れた。

「おや、宴の席へのお招きかと思いましたのに、お席に侍《はべ》るのは小町殿だけですか」

業平が訝しげな目をして呟く。

「宴はもう果てた。今日はそなたたちに大事な話をするべく呼んだのだ」

帝はそう告げると、桜の樹の見える廂から奥へと入り、小町、業平、宗貞以外の者たちを遠ざけ、戸口も閉めさせてしまった。

「大事なお話とは何でございましょう」

四人だけになると、宗貞が恭しい態度で尋ねた。

「他でもない。東宮のことだ」

と、帝はおもむろに切り出した。

「東宮さまの御事でございますか？」

業平が怪訝そうな表情で呟く。

道康は藤原北家を外戚とし、これまでは伯父の良房が仁王のごとくその前に立ちふさがり、あらゆるものからその身を守ってきた——というふうに、朝廷の誰もが認識している。ところが、この場にいる三人は誰も道康との血縁がない。もちろん業平と宗貞は桓武天皇までさかのぼれば、血はつながっているものの、それは取り立てて言うほどのものではないだろう。

「どうして、そなたらにと首をかしげたくもなるだろう。が、今の東宮は朕や大納言（良房）に不信の念を抱いている」

「不信の念、でございますか」

宗貞が帝の言葉をそのままくり返し、考え込むような表情を浮かべた。

「昨年の廃太子の一件が尾を引いている。そのことについては、業平、そなたにもいろいろと思うところがあろう」

帝が目を向けると、業平は「ええ、まあ」とさほど恐縮したそぶりも見せずに呟いた。

「そなたを招いたのはそれゆえだ。そなたには東宮の気持ちが理解できると思えばこそ」

帝は言い、それから宗貞に目を向けた。

「宗貞は前東宮が位を辞退したいと申してきた時も、朕と共にいてもらった。あの時、前東宮の心をなだめられたのは宗貞のお蔭《かげ》だ。その見識と力を、今度は東宮のために使ってもらいたい」

宗貞は無言で慎ましく頭を下げる。

「そして、小町よ」

最後に、帝は小町を見つめた。

「そなたはこの度、東宮のもとへ入内した三条町を知っている。本来ならば、三条町の姉である種子を呼ぶべきと思うかもしれぬが、実の姉であれば、どうしてもものの見方に偏りが出る。ゆえに、種子ではなくそなたに頼みたい」

と、帝は続けた。小町は無言でうなずき返す。

「これから申すことは、朕がそなたら三人に下す密命である」

おもむろに告げられた仁明天皇の言葉に、三人はそれぞれ居住まいを正し、頭を垂れた。

「万一にもこの先、東宮と藤原大納言が対立することになり、その時、朕が仲裁できぬ状況であれば、そなたたちはとにかく東宮を守ってやってほしい」

頼む——と、帝は静かに顔を下げた。

「我々はただ勅命に従うのみでございます。ゆえに、お顔をお上げくださいませ」

宗貞が落ち着いた声で促した。

「これは帝としてというより、父としてだ」

帝は顔を上げると、苦しげな口ぶりで呟いた。

「東宮さまが昨年の件で、大納言に不信の念をお持ちになったのは仕方ないとしても、だからといって、大納言が東宮さまと対立するでしょうか。大納言にとって、東宮さまこそが権力のよすがでもございましょうに」

業平が遠慮のない口ぶりで言うと、

「どうなるかは、東宮の今後次第だろう」

と、帝は重々しい口調で応じた。

「大納言の側から、理由もなく東宮を見放すことはあるまい。ゆえに、必ずしも二人が対立するとは、朕も思うておらぬ。いずれ大納言の娘が入内するだろうが、そうなれば、対立はうやむやになってしまうかもしれない。むしろ、そうなってほしいと思わぬでもないが……」

幸いと言っていいのか、良房の妹である順子に、他の皇子はいなかった。

だから、道康で駄目なら、他の皇子をその代わりにするということが、良房にもできないのである。

（東宮さまに何かあれば、それはそのまま静子さまの身を危うくすることになる）

小町は静子に幸いになってほしかった。姉の大町と仲のよい姉妹になれなかっただけに、種子と静子がうらやましかったし、小町自身が静子のことを妹のように思っている。

「だが、大納言の娘の入内は、三条町の立場にも関わる。先のことは分からぬが、東宮が大事に想っている娘ゆえ、三条町のことを頼みたい。これは、宗貞や業平には難しかろう。小町よ、そなたにしかと申しつけるぞ」

「かしこまりました」

小町はしっかりと頭を下げた。

「我々も東宮さまの御事、お守り申し上げます」

宗貞が恭しく頭を下げ、業平も承知して、それに倣《なら》った。

「皆、承知してくれてかたじけなく思う」

三人の返答を得て、ようやくほっと息を吐いた帝は続けて、

「ついては、そなたらの望みを一つ聞き容れたいと思う」

と、言い出した。

一瞬、三人の間に驚きが走ったが、

「何でもよろしいのでございますか」

と、真っ先に業平が訊き返した。

「できぬことを言われても困るが、朕に叶えられることであれば何でもよい」

帝は上機嫌に答えた。

「さようでございますか」

業平は嬉しげな声を上げると、さっそく何にしようかと考えをめぐらすように、にやにやし始めた。

（主上を困らせるようなことを言い出さなければよいけれど……）

帝の娘を妻に欲しいなどと言い出すのではないかと、小町はひやひやした。しかし、胸につかえていたことを口に出したことで、帝はたいそう安堵しているらしい。

（今のご機嫌ならば、そんなお願いでも聞き容れてしまわれるかもしれない）

先ほど目覚めた時、自分のような者にまですがらずにはいられないほど悩ましげだった帝の様子を思い返し、小町もほっとしていた。

ちらと、宗貞の横顔を見ると、こちらはまったく表情を変えずに端座している。

（きっと良岑さまは、ご辞退なさるのでしょうね）

帝の命令を聞くのは臣下の務め、その見返りを求めるなどとんでもないと、業平を鼻《は》白《じろ》ませるようなことを言うのではないか。その時の二人の様子まで想像できて、小町はおかしくなった。

（わたくしも主上に見返りなど求めることはできない）

仁明天皇からはこれまで、有り余るほどのものを与えられてきた。それに見合うもの

を何もお返しできていないというのに、これ以上何を求めることなどあろう。そう思っていたから、

「では、まずは小町から聞こうか」

と、帝から促された時、小町は「何もございません」と頭を振った。

「わたくしはこれまでの御恩に報いる機会をお与えくださったことに、ただ感謝するばかりでございます。決して遠慮ではなく、本当に何もございません」

「とはいえ、朕も何でも叶えると言ってしまった手前、取り下げるわけにもいかぬ。ゆえに、この先思いついた時に申すがよい。では、宗貞の願いを聞こうか」

帝は続けて、宗貞に目を向けた。

「では、謹んで申し上げます」

宗貞が落ち着いた様子で言い出したので、小町は少し驚いた。てっきり辞退するものとばかり思っていたが、願い事を口にするつもりらしい。

「うむ、何でも申すがよい」

「こちらの小町殿を賜りとう存じます」

宗貞はまったく気負いのない声で淡々と告げた。そのあまりの落ち着きぶりに、告げられた言葉の意味がすぐには伝わってこなかったほどである。

（えっ）

一瞬遅れて、その内容の破天荒さに小町が気づいた時、帝の表情からは上機嫌な笑みが消え失せていた。そして、小町が口を開くより先に、

「お待ちください！」

御前とは思えぬ大声が放たれた。業平であった。

「私の願いもまた、同じでございます」

業平は続けて言い切った。

（あきれた……。本当は別のお願いをするつもりだったのでしょうに）

宗貞が小町を欲しいと言ったからには、自分も負けてはいられないという競争心が見え見えである。

いや、業平はよいとして、宗貞はいったいどういうつもりで、あのような申し出をしたのか。この場で軽口を叩くような人でないことは、十分に分かっているのだが……。

「二人とも」

ややあってから、帝が苦々しい様子で口を開いた。ただ、初めの驚きからは覚めた様子で、口もとには苦笑を浮かべている。

「小町は朕の女人と分かって申しているのか」

と、宗貞と業平の顔を交互に見据えながら問う。

宗貞は微笑を浮かべているだけで、無言を通したが、

「主上は何でもよいとおっしゃいました。小町殿が主上の女人かどうかはこの際、問題にはならないでしょう」

と、業平は勢いよく言い返した。

「そこを衝かれると、朕にも言葉の返しようがないのだが……。とはいえ、小町には今、大事なる役目を任せたばかりだ。東宮たちを守ってもらうには、女官でいてもらう必要があるとは思わぬか」

「そこは問題ないでしょう。我々どちらかの妻になったところで、女官は続けられますし、女官を辞めても主上の密命に従うことはできます」

業平がすかさず言った。宗貞はその時まで黙って聞いていたが、

「私は、小町殿には宮中を下がってもらいたいと思っています」

と、持論を述べた。

「女官でなくなろうとも、主上のお力になれるという点は同意しますが……」

「二人はこう申している」

これ以上は説得しきれぬという様子で、帝が小町に目を向けた。自分の意を問われているのだと分かったが、答えなど出せるものではない。小町は困惑した表情のまま、首を横に振った。すると、帝は目を男たちの方へ戻し、

「とはいえ、二人が同じ望みとあっては、同時に叶えてやることは朕にもできぬ」

と、続けて言った。

「では、小町殿に問うことにしてはいかがでしょう」

業平は自信たっぷりに述べた。

「宗貞殿もそれでよろしいでしょう？」

「主上と小町殿がそれでよいと仰せならば」

と、宗貞は相変わらず落ち着き払った様子。

「さて、どうする」

帝は再び小町を見つめる。小町が再び小さく頭を振ると、帝は少し考え込むように沈黙したが、

「朕は二人に願いを取り下げよと申すことはできぬ。されど、小町が望まぬことを強いるわけにもいかぬ」

ややあってから、少々声を張って三人に告げた。それから、小町一人に目を据えると、

「ゆえに、かような時、女人がよくする方法を用いてはどうか」

と、提案した。

「女人がよくする方法……？」

小町は帝の意図が分からず、首をかしげた。

「竹取《たけとり》の翁《おきな》の物語で、かぐや姫がしていたではないか」

帝の言葉に、ようやく小町は合点がいった。かぐや姫は五人の公達から求婚され、それぞれに難題を出すのだ。無論、かぐや姫の望みの品を持ってくることのできた男は、一人もいなかった。

つまり、かぐや姫のように、この二人に難題を出してあきらめさせればよいということである。

「お待ちください。蓬萊《ほうらい》の玉の枝を持ってこいなどと言われても、土台無理な話です。あのようなこと、とうてい承服できません」

機先を制するように、業平が言う。

「まあ、そこは小町に任せればよいであろう。かぐや姫と同じではつまらない。別のことにしてやりなさい」

帝が取り持つように言った。

この世にありもしないものを持ってこい、というような依頼は駄目、ということだろう。だが、かぐや姫が出したのと同じくらい難しく、初めから挑む意欲を失くすようなことでなければならない。

小町は少し考えた末、答えを見つけ出した。

「それでは、冬の三月《みつき》を含む百日《ももか》の間、毎晩欠かさずわたくしのもとへ通って来てくだされば、その方のもとへ参りましょう」

「百日ですって！」

業平が驚愕《きようがく》の声を放ち、その後、体中から力が抜けたような表情を浮かべた。

「そんなの、無理に決まっているではありませんか」

その返事を聞き、小町は明るく朗らかな笑みを浮かべた。思った通りの反応である。

帝も笑っていた。そして、すべてがこの場の笑い話で済まされるはずのことであった。

ところが――。

「冬の百夜《ももよ》ですね」

と、宗貞が静かな声で訊き返した時、その場は一瞬で冬が訪れたかのように凍りついた。

「まさか、挑まれるおつもりですか」

業平があきれた口調で、宗貞に尋ねる。

「小町殿は我々に挑ませるおつもりで、ああおっしゃったのでしょう？」

逆に宗貞から言い返され、小町は言葉を失った。

「まあ、冬までにはまだ間があります。その時になったら、またお話しいたしましょう」

宗貞の言葉で、この話は終わりとなった。

まさか、本気でおっしゃっているわけではあるまい。いや、仮に本気でも、冬までには半年以上もある。その間に気持ちも変わってしまわれるだろう。

この時、小町は自分に言い聞かせるように、そう思っていた。

ちらと顔色をうかがうと、帝の表情は不安げに曇っている。不平そうに文句を呟いている業平の傍らで、宗貞だけがひどく落ち着き払っていた。

第七章　百夜通い

一

承和十年、冬を目前にした頃。

「十月から年末までの三月《みつき》に、小の月が二月《ふたつき》ありますから、合わせて八十八日。年が明けてからの十二日を加えて、百日ということでよろしいですね」

まるで宮中行事の話し合いでもするような口ぶりで告げる良岑宗貞に、小町は困惑した。

「あのう、本当に百日の間、欠かさず足を運ぶおつもりですか」

思わず念を押してしまったが、宗貞は顔色一つ変えない。

「そうですが、何か」

「百日通ってくださいと申し上げたのは、誠意の証を見せていただきたいという意味です。ですから、宮中の局というわけにはまいりませんわ。どこかの山里のようなところでなければ」

「分かりました。時を費やし、苦労を厭《いと》わぬ男の姿を御覧になりたいのですね。どこの山里でもかまいません。小野家のお屋敷があるのなら、小野の里でもかまいませんが」

「いえ、それは困ります」

小町は即座に断った。

「ならば、私の別宅が深草《ふかくさ》の里にあります。そちらではいかがですか」

宗貞はすぐに代案を出す。

「使っていない邸ですから、百日の間、好きに使ってくださってかまいません。留守を預かる使用人もおりますし、そちらから連れて来られてもかまいませんよ」

「ですが、百日もの間、それも年が変わって宮中の行事も多い時に、ずっと宿下がりをすることを主上がお許しくださいますかどうか」

「それは、すでに主上のお許しをいただきました。気がかりならば、主上に直《じか》にお尋ねになればよいでしょう」

何のかのと理由をつけてうやむやにしてしまおうとしても、宗貞に抜かりはなかった。

「ここまでくれば致し方あるまい」

なだめるような調子で、仁明天皇から声をかけられ、小町は百日の間、宗貞の深草の邸で暮らすことになってしまった。梢は一緒である。

「私、深草は初めてです。洛中のごみごみしたところで生まれ育ちましたので、広々したお里の邸で暮らすのが楽しみですわ」

梢は無邪気に喜んでいたが、小町の心はそんな楽しげなものではない。

「雪は積もるのでしょうか」

浮き浮きとした調子で梢は訊く。

「洛中よりは積もるでしょうね」

京へ来たばかりの頃、しばらく暮らしていた小野の里の冬を思い出し、小町は答えた。

そんな話を交わすうちにも、秋は終わってしまい、小町は十月一日に宮中から宿下がりをした。そのまま宗貞の家人の案内で、深草の邸へと移ることになる。

（小野の里に似ている――）

牛車《ぎっしゃ》から降りた小町の胸をよぎったのは、その思いであった。

目の前には茫漠《ぼうばく》とした野が広がり、無造作に生えた立木が見える。冬が始まろうという時であったから、すでに葉を散らした立ち枯れの木も多い。そのように外は閑散とものの寂しく見えたが、宗貞の用意してくれた邸はさすがに手入れが行き届き、邸の庭も美しかった。

特に母屋に面した庭には、常緑の松がどっしりとした姿を見せており、晴れた日には池の水面《みなも》にその姿がくっきりと映る。池には水鳥が舞い降りることもあり、池の傍らには小さな築山が設けられていた。

「雪が積もったらすばらしいでしょうねえ」

梢は歓声を上げている。

小町もこれからの季節を思い、この庭の雪景色はさぞ美しかろうと想像した。これから田舎の邸で、百日もの間、静かな暮らしを送る小町のために、宗貞が入念に準備してくれたのではないかと思うと、胸が痛んだ。

(こんなにもお優しい良岑さまを、どうしてわたくしは女としてお慕いすることができないのだろう)

ここまで来て、小町の心に浮かぶのはその悔いとも呼べる気持ちであった。

それならば、どうしてきっぱりと断ってしまわなかったのか。もしも、どうしても嫌だと小町が言えば、宗貞は決して今回のことを決行したりはしなかっただろう。ただ静かにうなずき、身を退いてくれたのではなかったか。

仁明天皇は、小町が嫌ならば仕方ないと言って、宗貞には代わりの望みを言うよう勧めたであろうし、業平は端《はな》から挑むつもりもなかったのだから、何も言える立場ではない。

（すべて、わたくしの心一つで避けられることだったのに……）

自分はただ流されるだけだった。

そう、初めから自分は流されるようにこの世を生きてきた。娘の頃、遠い出羽国から京へ引き取られることになったあの時からずっと――。

京へ上れと言われて京へ上り、宮中へ上がれと言われて宮中へ上がった。

もちろん、小町だけに限ったことではなく、それが中流の公家に生まれた娘の多くが歩む人生だった。

（でも、わたくしにも願いがあった。宮中で叶えたいただ一つの願いが――）

宮中へ上がったのは確かに周囲の言葉に従ってのことだが、心に抱いた願いは小町だけのものだ。

（あの方にもう一度お会いしたい。あの方がどこのどなたなのか、見つけ出したい）

それが、宮中へ上がったただ一つの理由だった。他のことはどうでもよかった。

京へ上ったばかりの頃、ここ深草の里によく似た小野の里で、小町は一人の男に出会った。それ以来、その男が再び現れるのをただひたすら待ち焦がれていたあの日々。

（ここの暮らしは、あの日々を思い出させる……）

小町は静寂に包まれた静かな邸で、遠い昔に思いを馳せた。

比右《ひう》——それが、小町の本当の名である。宮中へ上がってからは、誰もその呼び名を口にする者はいなかったけれども。

母は出羽の郡司《ぐんじ》の娘だった。出羽国司であった父が京へ帰った後、母にも先立たれた比右は、その後は乳母《めのと》の手で育てられた。

乳母の夫は、蝦夷の血を引く商人の男だった。幽雪《ゆうせつ》というこの商人は、京と出羽とを行き来しており、京の小野家と出羽の郡司家とのつなぎ役も担っていた。

過去にその道中で怪我《けが》でもしたのか、左足を引《ひ》き摺《ず》って歩く癖があったが、ふつうに歩くのに障りがないばかりか、一日に何里も歩く旅でも人に後れを取ることのない健脚ぶりであった。

やがて、比右が京の小野家へ引き取られると決まった時、その供をし、警護役を買って出たのが幽雪である。

比右は幽雪の一行と共に、十三の年に出羽国を発《た》ち、十四の春には京へ到着した。初めに暮らしていたのは、小野の里にある小野家の邸である。

この時、小町は一人の男に出会った。それは、後になって思い返すと夢でも見ていたように錯覚される、現《うつつ》とも思えぬような出来事であったのだが……。

ある春の晩、幽雪が急に邸を出て行った。比右はたまたまそれを見かけ、まだ日が沈んで間もない宵の口だったこともあり、こっそりあとをつけたのである。

月の明るい夜で、数日前に降った雪がまだ残っており、その表面に月光が降り注いで、きらきらと輝いていた。そのため、火はなくとも足もとは明るく、また、数日前とは打って変わったようにほの温かい晩であった。

幽雪は出羽国から共に旅をしてきた従者もいたのだが、その晩は一人で出かけて行き、やがて、小野家の邸からさほど離れていない寺の境内へ入って行った。

比右は足を踏み入れたことのない寺であったが、幽雪に続いて中へ入った。ところが、さほど広くもない境内であるというのに、中へ入った途端、幽雪の姿を見失ってしまった。幽雪は松明《たいまつ》をかざしていたのだが、寺に入ってからは消してしまったようであった。

寺の中にも火は灯っておらず、人のいる気配もない。生憎なことに、境内の中の道は雪かきがされており、足跡を追うこともできなかった。

しばらく境内をうろうろしていたが、幽雪は見つからない。

（もう帰ろうかしら）

何かが起こりそうな予感と月の明かりに誘われて、つい邸を出て来てしまったが、特に何もなかった。がっかりしながらそう思った時であった。比右がその男に出くわしたのは――。

狩衣《かりぎぬ》姿の男は一人きりであった。従者を連れていないのが不自然に見える、良家の公達と見えた。年の頃は二十代の後半から三十路《みそじ》くらいだろうか。端整な顔立ちに鋭い目をした男であった。

「そなたは何者だ」

男も比右を見て驚いたようであった。

「名は何という」

詰問するような口調で問われ、

「……比右」

とっさに本名を答えてしまった。小野家の者だということは隠しておいた方がよいだろうと判断を働かせたが、男は家の名は問わなかった。

「ここで何をしていた?」

「人を追って来たのだけれど、見失ってしまったの」

一人で帰れるのかと問われたので、比右はうなずいた。

ならば後は知ったことではない、とでもいうふうに、男は比右を置いて立ち去ろうとしたが、その間際に比右の顔にじっと見入るや、

「そなた、またここへ一人で来ることができるか」

と、問うた。比右ができると答えると、「三日後、同じ頃合いに」と男は言い置き、今度は本当に立ち去って行った。振り返ることもしなかった。

男はまた会おうとも、ここへ来いとも言わなかった。だが、男の言葉が再び会う日の約束と信じた比右は、言われた通りにしようとすぐに心を決めた。

幽雪には何も言わなかった。あの晩、あとをつけたことも、そこで一人の男と出会ったことも。

二度目に会った晩は、先夜と違って空は曇って月も出ておらず、肌寒い日であった。

それでも、小町は見覚えた寺へ一人で向かった。

この晩、男は寺の庫裏《くり》と思われる建物の中にいて、小町をも中へ入れた。他の者の姿は見えなかったが、火桶や酒などが用意されていたから、寺の世話を受けられる立場だったのだろう。

「あなたのことは何とお呼びすれば？」

比右はこの晩、男に尋ねた。男はすぐに答えようとせず、不意に立ち上がると、外に面した引き戸を開けた。

その途端、冷気が室内に流れ込み、同時に空から降ってくる雪片が視界に入ってきた。

はらはらと舞い落ちる淡雪は、まるで花びらのように見えた。

「雪……か」

男は呟くと、少し考えるように沈黙した末に、

「雪花《せっか》と呼ぶがよい。雪の花と書いて『せっか』だ」

と、告げた。

「雪花の君……」

比右は呟いた。現の人に向かって呼びかけているとは思えぬような、どこか不思議な感じがした。

「そなた、舞はできるか」

雪の舞う庭を見つめていた雪花が音もなく振り返ると、不意に尋ねた。

「曲に合わせて舞ったことはありますけれど」

比右は困惑しながら答えた。出羽国にも鄙《ひな》びた歌謡があり、宴の席などで管絃が奏されることはあった。そうした曲に合わせた舞があり、比右も習ったことがある。しかし、さほど厳格な型が決まったものではなく、曲に合っていれば、手足の動きなどに細かな注文はされなかった。

だが、比右がその程度の技量しかないと告げても、雪花は比右の舞が見たいと言った。比右の知っている曲を訊かれたが、自分の知る鄙の曲を都の公達が知っているはずもなく、比右は頭を振って無言を通した。

この時も、自分が小野家の者だとは言わなかったし、どこの生まれなのかも話すつもりはなかった。すると、雪花は自分が知る曲を笛で吹くから、それに合わせて舞えと言い出した。

「知らない曲に合わせるなんて」

比右はやめさせようとしたが、雪花はまったく取り合わなかった。己の考えの正しさを信じ、人の言葉に耳を傾けぬ強引なところのある男だった。

だが、雪花が取り出した笛を口に当てた時、比右はその横顔の冷たい美しさに思わず見とれた。この晩の凍《こご》えるような冷気がこれほど似合う男もいない。

雪花という呼び名も、実によく似合っていると、この時になって比右は思った。

そして、雪花が演奏した曲は、驚いたことに比右の知るものであった。少し吹いた後、

「『東遊《あずまあそび》』の『求子歌《もとめごうた》』だ」

と、雪花は言った。比右がうなずくと、雪花は戸を開けたまま先ほどの場所へ戻った。

そして、比右には雪景色を背に舞え、と告げた。

相変わらず有無を言わせぬ物言いだったが、嫌な気はまったくせず、むしろ心は昂《たかぶ》っていた。

比右はその晩、雪片が舞う庭を背に、雪花の吹く笛に合わせて舞った。

東遊は東国の歌謡で、出羽国にも伝わっていた。東国の生まれと告げたわけではないが、自分のどこかに東国生まれの気配がしたのだろうかと、比右は気にかかった。しかし、雪花にそのことを問いただしはしなかった。

舞を終えた時、雪花は初めて感に堪えないという表情を浮かべ、

「比右の舞は美しい」

と、言った。初めて名を呼ばれた時の高揚感と喜びは、かつて知らぬものであった。

「初めてそなたを見た時、化生《けしょう》の者かと思ったのだ」

だから、今宵もそなたが来るかどうか、半ば怪しむ気持ちだったと、雪花は言う。

だが、それは比右にしても同じだった。こうして対面していてもなお、どこか現の出来事とは思えない、すべてが夢だったのではないかと感じられる、男とのひと時だったのである。

その後も、雪花は何日後という指示だけをして立ち去り、比右は言われた日の晩、寺へこっそりと足を運んだ。といっても、雪花と共にいたのはいつも半刻ほどで、互いの素性を語り合うこともなかった。

幽雪は比右がそうして出かけていることに気づいており、何回かはあとをつけられていたようにも思う。小野家から比右の見張りも頼まれていたのだろう。しかし、幽雪が比右に行くなと言うこともなければ、忠告めいた言葉をかけることもなかった。

それをよいことに、比右は雪花と会い続けた。が、実際に顔を合わせたのはほんの数回で、ある時、約束の晩に雪花は現れず、その後、比右が寺へ足を運んでも会えることはなかった。

そして、比右は洛中の小野家へ引き取られ、出羽へ帰る幽雪とも別れた。

(雪花の君は、どこか大きなお家のお方のはず)

言動や物腰から、それは間違いない。そして、そういう家の公達であれば必ず宮中に出入りしているはずだ。

(宮中へ上がれば、雪花の君にお会いできる)

流されるまま京へ来た比右の、それだけが自ら抱いた確かな望みであった。

それから二年、宮中へ上がるための礼儀作法や教養を身につけることにも熱心に取り組んだ。そして、十六歳になった比右は、小町という名を授けられ、宮中へ上がった。

(雪花の君にお会いしたい。そして、あの時、どうして突然姿を消してしまわれたのか、お尋ねしたい)

一つ目の願いは、やがて叶えられた。朝服に身を固めた相手は、小野の里の人少ない寺で会った時よりずっと隙のない様子だったが、まぎれもなく雪花の君だと、小町にはすぐに分かったのだ。

しかし、相手は小町の姿を見ても、比右だと気づくことはなかった。

(わたくしのことが……お分かりにならない？)

そうかもしれない。

あの時は出羽国から出て来たばかり、洛中の土も踏んだことのない田舎娘だったのだ。

宮中へ上がるため、都の水で洗われた小野小町という女官は、あの頃の比右とは違うかもしれない。

それでも、本当に分からないなどということがあるだろうか。

それとも、雪花の君と過ごした日々はやはり現の出来事ではなく、幻だったのか。

相手が自分を分からないということも、忘れているということも、どちらも怖かった。

だから、小町は尋ねることができなかった。

あなたさまは雪花の君なのですか、とは――。


初めて雪花の君と出会ってから十年、宮中で再会したと思ってからも八年が過ぎた。

今さら、相手に尋ねられるようなことではない。

(仮に、あの方が雪花の君だとしても――)

もはやその人の中に、かつての雪花の君を見ることは、小町にもできなくなっていた。

ならば、雪花の君などという人は初めからいなかったと思うしかない。あるいは、あの思い出だけを大事に抱いて、雪花の君のその後の姿には目をつぶるべきだ。

(そう。雪花の君はもうこの世にはいらっしゃらない)

それならば、自分が宮中に留まる意味があるのだろうか。

自分のもとへいらっしゃい、と言ってくれる優しい人もいる。

（良岑さまが本当に百日の間、わたくしのもとへ通って来てくださったなら――）

その時は宗貞の妻になってもいいのではないか。そうなることに、不都合があるわけではない。

（そう、わたくしの心一つで――）

小町は閉じていた目をゆっくりと開けた。眼前には、深草の邸の静かな庭が広がっていた。

二

十月一日の晩から、良岑宗貞は深草の里にある自らの邸へ足を運び始めた。

まだ夜も更けぬうちにやって来て、小町に声をかけ、中へ上がらずに帰って行く時もあれば、邸の中で少し休んでいくこともある。

だが、自分の邸であるにもかかわらず、宗貞が深草に泊まっていくことはなかった。

やがて、十月が過ぎ、十一月も半ばを過ぎた。枯れ残っていた落葉樹の葉も完全に落ち、深草は冬の山里になる。特に夜の寒さは厳しさを増していったが、宗貞が現れない日はなかった。まだ雪は降らなかったが、雨風の強い日はあった。それでも、宗貞はきちんと通って来て、折り目正しく声をかけていく。

ある雨の晩などは泊まっていくように小町が勧めても、

「それは、よいことではないでしょう」

と、静かな声で言い、不服そうな顔も見せずに帰って行った。

十二月になると、雪の降る日があった。それでも、宗貞は変わらずに通って来る。雪の道を牛車で進むのは容易ではなく、途中は歩くこともあったというが、文句一つ口には出さない。

やがて、大晦日《おおつごもり》を迎え、年は明けて承和十一年になった。

宗貞は年末から年始にかけても欠かすことなく、小町のもとに顔を見せた。他に顔を合わせる者のない寂しい正月であったが、宗貞の穏やかな佇まいに心が慰められたように感じたのは事実である。

「小町さまは良岑さまがいらっしゃるのを、心待ちになさっているようですわ」

と、梢から言われた時にも、「そうかもしれないわね」と小町は微笑んだ。

「それでは、良岑さまが百日通って来られたら、小町さまはまことにあの方の北の方におなり遊ばすのですか」

続けて、梢から気がかりそうな眼差しで問われた時には、さすがに返事ができなかったけれども――。

それでも、半ばはそうなるのではないかという予感が心のどこかに生まれており、それでもいいという静かな覚悟も芽生えているような気がした。

しかし、それがあきらめとどう違うのかという内心の声に対しては、うまく答えることができない。

(雪花の君のことはもう本当にいいのですか)

(お優しい主上のもとを離れ、宮中を去って悔やむことはないのですか)

次々と胸の内に浮かび上がる問いかけにも、返すべき言葉は見つからなかった。

そうするうちにも、一月も日は過ぎ去っていき、九十九日目となる一月十一日を迎えた。この日はよく晴れており、天気が変わりそうな気配もない。

思いがけない相手から文が届けられたのは、その日の昼のことである。

「在原業平さまよりのお文だそうです」

梢が使者から受け取った文を開いてみると、明日の夜、そちらへ行くと書かれてある。

無論、明日が百日目の夜であることを承知の上で、宗貞が小町の出した難題を見事果たした時、二人の夜を邪魔してやろうという魂胆だろう。

そう思うと、何やらおかしくなり、小町は笑い出してしまった。

そうなった時、自分が何か大切なものを失うような寂しさを心のどこかに抱いていたが、あの業平が傍らにいてくれるのなら、寂しさなどまぎれてしまうだろう。

業平がそういう真似をしたからといって、宗貞は怒り出すような人ではない。

きっと、明日の夜は三人で何やかやと話をしている間に、楽しく過ぎていってしまうのではないか。

業平の使者にはゆっくり休んでから帰るように告げ、返事にはお好きなようにしてくださいとしたためた。

そして、その日も暮れてしばらくすると、宗貞がいつもの通りに現れた。

「今夜は上がっていってください」

小町が頼むと、宗貞は無言でうなずき、中へ入った。酒と木の実の和《あ》え物《もの》を折敷《おしき》にのせて勧めながら、

「明日、業平さまがこちらに来るとおっしゃっておいでです」

と、知らせると、宗貞は顔をほころばせた。

「私も面と向かって言われましたよ」

「何とお答えになったのですか」

「お好きになさいと言いました。どう返事をしたところで、あの方なら押しかけてきそうですからね」

宗貞の言葉に、小町も微笑んだ。

「確かに、あの方ならそうなさるでしょうね」

業平の話で座が和やかになったのを見計らったかのように、

「ところで、小町殿」

と、宗貞が静かに切り出した。

「私に今晩、おっしゃりたいことはありませんか」

「どういう意味でしょうか」

内心少し緊張を覚えつつ、小町は問い返す。だが、宗貞は和やかな表情のまま、

「特に意味などありません。ただ、何かあるのではないかと思っただけですよ」

と、答えた。何もないのならばかまいません――と、優しい声で言われ、小町は沈黙した。

明日の晩はいらっしゃらないでください――小町がそう言い出すことを、宗貞は予測していたのだろうか。小町がそう頼めば、宗貞はその願いを聞き容れるつもりなのか。

そして、小町が切り出しやすいよう、わざとあのように尋ねてくれたというのか。

そのどれもが当たっていると思われた。

小町はうつむいたまま、静かに目を閉じた。

(言えるわけがない。こんなにも優しい人に向かって、どうして来ないでください、などと――)

そんな言葉を口にしてはならない。小町は自分自身に言い聞かせ、心を落ち着かせてから、ゆっくりと目を開けた。何も申し上げることはありませんと、言おうとした矢先、

小町は宗貞の様子にはっとなった。

「お顔色がお悪いように見えますが……」

「そうですか。灯火の加減のせいでしょう」

穏やかな口ぶりで返事をする様子は、先ほどと同じなのだが、やはり潑溂としているようには見えない。

宗貞は気がかりそうな目を向ける小町を、逆にじっと見つめ返すと、

「小町殿こそ、お顔色があまりよくないようですよ」

と、言った。

「それこそ、灯火の加減のせいですわ」

三月もの間、毎晩洛中から深草へ通い続けた宗貞とは違う。自分はただこの邸にいて、何もせず物思いにふけっていただけであるのだから。

「では、互いに今夜はよく休んだ方がよさそうだ。私はもう帰ります」

宗貞はそう言うなり、手にしていた杯を干し、立ち上がった。

小町は外まで見送りに出た。

「良岑さま」

半月より膨らんだ十一日の月が空に浮かんでいた。

振り返った宗貞の顔が月光に照らし出される。穏やかに微笑んでいるのに、どことな

く悩ましげに映った。

小町は一瞬、「明日はお越しになるのですよね」と問いかけそうになり、それに気づいて口をつぐんだ。かぐや姫のごとく、難題を出した自分が尋ねてよいことではない。

（そもそも、わたくしは良岑さまに来ていただきたいのか、いただきたくないのか、自分でも分かっていないというのに……）

小町は深呼吸を一つしてから、

「お気をつけてお帰りください」

と、続けて言った。

「お見送り、かたじけない」

宗貞は丁寧に言い、目礼して帰って行った。

その牛車の火が見えなくなるまで、小町は外で見送り続けた。

（いよいよ明日が百夜）

小町は皓々《こうこう》と照る夜空の月を見上げて思った。

翌一月十二日は朝からひどく寒かった。

「とても春とは思えぬ寒さですわ。火桶をたくさんご用意しなければ」

梢が忙しそうに邸の中を動き回っている。

小町も明け方の空を見上げ、表情を曇らせた。

「雨でも降るのかしら」

「この寒さだと雪になるかもしれませんわ」

そう梢が言っていた通り、昼前には薄墨色の空から雪が降り始めた。さほど積もるような降り方ではないが、雪の降る道を進むのは大変なはずである。

とはいえ、宗貞は昨年のうちにも雪道をやって来たことがあり、あの時は今よりもひどい降りだったのだから、まさか今宵それを理由に訪れないということはないだろう。

(でも、業平さまはどうなさることやら)

と思っていたら、未《ひつじ》の刻（午後二時）頃、業平からの使者が昨日に続けてやって来た。

「今宵、参る能《あた》はず」

今夜は行くことができなくなったと、一言だけしたためられている。理由は書かれていなかったが、雪が降ったので出かけるのが億劫《おっくう》になったものと思われた。

業平らしい言い草だと思いながら、使者に中へ上がるよう勧めたが、この日は雪道が歩きにくくなるのを恐れているのか、すぐに帰って行ってしまった。

宗貞からの使者がやって来る気配はない。

本人が来るつもりだから、その必要がないのだろうと、小町は思った。

その後も空模様に思いを馳せていると、昼が過ぎてからも降り続いていた雪は酉《とり》の刻

（午後六時）より少し前から小降りになり、やがてすっかりやんだ。戌《いぬ》（午後八時）の頃には、先ほどまでの曇天はどうしたことかと思うくらい晴れ渡った夜空が広がり、月まで昇っている。

道は決して歩きやすくはないだろうが、やって来られぬほどでもないだろう。宗貞ならば必ず姿を見せるはずだと、小町は信じていた。

それを望んでいるのかどうかは、もう考えてはいけない。今はただ、宗貞を迎え入れ、この百日の苦労をねぎらわねばならない。そして、心からの感謝の気持ちを伝えなければ——。

この夜、小町はずっと床に就くことなく、宗貞を待ち続けた。

しかし、空が晴れ上がったというのに、この晩、宗貞がやって来ることはなかった。

三

梢には先に寝るよう伝えたが、小町自身はその晩を寝ずに明かすことになってしまった。

東の空が白み始めるのを簀子《すのこ》に立って眺めながら、恋人や夫を持つ女人がその訪れを待ちながら、長い夜を明かす気持ちとはこういうものかと、ふと思う。

宗貞は恋人でも夫でもないから、相手を恨めしく思う気持ちはない。しかし、心の中にぽっかりと穴が空き、その空洞が虚《むな》しさで埋め尽くされてしまったような気分であった。

何をしたわけでもないのに、心身がぐったりと疲れ、もう何も考えたくない。それなのに、頭は冴《さ》えきっていて、少しも眠気が訪れそうになかった。

(わたくしは、やはり最後には、良岑さまに来ていただきたいと思うようになっていたのかしら)

今となっては無駄な問いかけが頭に浮かんだが、その答えを突き詰める気力も湧いてこない。そのまま、ぼんやり空を眺めていると、庭先にふと人影が現れた。

(良岑さま？)

思わず声を出しそうになったが、既《すんで》のところで思いとどまった。現れたのは宗貞ではなく、思ってもみない人物だった。

「藤原大納言さま、どうしてここへ――？」

宮中では見られぬ狩衣姿で現れたのは、藤原良房だった。

「主上のご命令により参った」

と、その返事もまた意外なものである。良房はまっすぐ小町の方へ向けて歩いてくる。簀子に立っていた小町は自分でも気づかぬうちにその場に座り込んでいた。

「この場所も主上よりお聞きした。良岑殿の持ち物だそうだが」

良房は小町の前で足を止めると告げた。

「そなたがここにいる理由も、良岑殿がどんな難題を吹っかけられたかも聞いた」

「何がおっしゃりたいのですか。そもそも、主上のご命令とはいかなるものなのですか」

小町は良房の言葉を遮り、続けざまに問うた。

「主上は昨夜の結果をご存じだ。そして、そなたを迎えに行くよう、私にお命じになられた」

「どうして、あなたさまに……？」

「昨夜は宮中に宿直《とのい》だったのでね。たまたま話をお聞きし、私が行くと申し出た」

そんなことはどうでもいいという投げやりな調子で、良房は答えた。

「それで、どうする？」

続けて、良房は小町の顔をじっと見据えながら尋ねた。

「どうする、とは――？」

問いただす小町の声は震えていた。

「そなたが良岑殿に難題を吹っかけたのは、宮中を出てもよいという考えがあったからだろう」

別にそういうわけではない、という言葉は小町の口から出てこなかった。

「ならば、良岑殿のもとへ行く話が立ち消えになったからといって、無理して宮中へ戻る必要はあるまい」

断ずるように、良房は言った。

「宮中より他に、わたくしに帰る場所など……」

「私のもとへ来ればよい」

良房は堂々たる口ぶりで告げた。

「それは、どういう意味でございますか」

「良岑殿のもとへ行くかわりに、という意味だ。何なら、私もどこかの邸にそなたを住まわせ、百夜通いをしてもよい。その間、閨を共にするのはならぬというのなら、手は出さぬと誓いもしよう」

「な、何をおっしゃっておられるのです。あなたさまは初めから、わたくしに手を出すつもりなどおありではないでしょう。初めから、口先だけの……」

「そうではない。少なくとも今は違う」

良房はそう言って、手を差し伸べた。その指先が小町の右の頰にそっと触れる。良房の手は冷たかった。まだ春先の寒い明け方を、深草まで進んできたことがしのばれた。

「不思議だな。今朝のそなたはいつもとまるで違って見える」

良房の目がじっと小町を見つめている。小町は金縛りに遭ったように動けなくなった。

「一晩、約束した男が来なかっただけで、こうも弱々しく頼りなげな女になるものか」

良房の目に、自分はそう見えているのか。そうなのかもしれないと、小町は思った。

そして、良房もまた、小町の目にはいつもと違って見えた。この男がこれほど優しくいたわるような眼差しを、自分に向けたことがあっただろうか。

「初めてだったのだろう。男に約束を破られたなどということは――」

そんなことはない、と小町は心の中で言い返した。

自分は初めて恋をした男から、約束を破られた苦い記憶がある。けれども、あなたがそれを口にするのか。他ならぬ、あなたご自身が――。

だが、胸に浮かび上がるその言葉を、口にすることはできなかった。

小町はそっと身を退いた。良房の手から頬が離れる。良房の手は小町を追ってはこなかった。

「して、私への返事はいかに」

良房は小町を促した。

「どうおっしゃっても、お信じすることなどできませぬ。あなたさまが百夜続けてわたくしのもとへ通ってくださるなど」

その小町の返事に、良房は口もとだけで笑った。

「百日の後、私がそなたに手を出すつもりだという話は、信じてもらえるわけだ」

「それも含めて、あなたさまのお言葉はまったく分かりませんわ。そもそも、そういうおつもりなら、どうして形だけの恋人になろうなどとおっしゃったのです？　あの時のあなたさまは、わたくしと閨を共にするお気持ちは一片もおありでなかったはず」

「そうだな。それは認めよう。私は嵯峨の上皇さまとその娘である妻に義理を立ててきたのだ」

「ならば――」

「だが、上皇さまはすでに崩御された。妻への義理も十分に果たしてきた。これからは好きにさせてもらう」

自信に満ちたというより、傲慢さが剝き出しになった物言いだった。それも、しようがないなと笑って許せるあの在原業平の傲慢さとはまるで違う。

絶対に許せない類の、人柄そのものを疑わざるを得ない傲慢さ。

「あなたさまは変わってしまわれた……」

小町は悲しみに暮れた声で呟いた。

良房は怪訝な表情を浮かべた。

「私のどこが変わったと？　私は初めからどこも変わっていない」

「……何でもありませぬ」

小町は良房の方を見ないで告げた。

「宮中へ帰ります」

そのまま顔を上げずに言う。

「すぐに仕度を整えてまいりますゆえ、しばしお待ちを」

小町は淡々とした声で続けた。

「私のもとへ来ないと申すのか」

「はい。あなたさまはわたくしを宮中へ連れ帰るために、来てくださったのでしょう？」

「悔やむことになるぞ」

良房は脅すような調子で言った。

「それでもかまいませぬ」

小町は言い、立ち上がった。

良房に背を向け、室内へと逃げるように立ち去ったが、良房が追って来ることはなかった。

小町が良房の用意した牛車で宮中へ戻ると、懐かしい局の前に良岑宗貞が立っていた。

「良岑さま」

小町が駆け寄ると、宗貞は少し疲れた顔に笑みを浮かべながら、

「ご無事に戻られて、まずはよかった」

と、安心した様子で言った。

「行けなくて申し訳なかったと言うのもおかしいが、昨晩は生憎の雪でしたのでね。夜遅くにはやんでいたようですが、早々に行くのをあきらめてしまったので、やんだことにも気づきませんでした。惜しいことでしたが、仕方ないと思うしかありません」

宗貞はそう告げ、百夜通いに挑んだ試みが失敗に終わったことを明らかにした。

「すでに主上も業平殿もご存じでしょう。いや、業平殿からどんなふうに笑われるかと思うと、さすがに気の重いことですが」

そう苦笑しながら言う宗貞の表情は、吹っ切れたようにさわやかだった。

そのことに救われた思いを抱きながら、小町は宗貞に深草の邸を使わせてもらった礼を述べ、その後、梢と共に局で休んだ。

仁明天皇から呼ばれたのは昼過ぎのことである。さっそく御座所へ上がると、

「久しぶりだな」

と、温かな声で迎えられ、小町は「主上……」と呟くなり、さまざまに込み上げる思

いから次の言葉を続けることができなかった。

帝は人払いをした後、小町が落ち着きを取り戻すのを待って、

「宗貞が昨晩、そなたのもとへ行かなかったのは、朕が頼んだせいなのだ」

と、静かな声で告げた。

「えっ……」

驚いて顔を上げた小町に、

「やはり、まことのことは告げていないのだな。宗貞のことゆえ、さもあろうと思っていたが……」

と、帝は呟いた。

「朕が宗貞に頼んであきらめてもらったのが真相だ。そなたに宮中へ帰って来てもらいたかったゆえにな」

一昨日《おととい》の晩、どことなく翳があるふうに見えた宗貞の表情は、帝のその気持ちを察するがゆえの苦悩だったのかと、小町は理解した。そして、宗貞は悩んだ末に、小町ではなく、帝の心を和らげることの方を選んだ。

だが、それこそが宗貞らしいと、この時、小町は素直に思うことができた。

「そなたのいない宮中など、花の咲かぬ枯れ木も同じ。朕と同じように考える廷臣は多いであろう」

だが、それだけでもない——と、帝は少し神妙な口ぶりになって続けた。

「昨年、宗貞と業平、そなたの三人を呼んだ時のことを覚えておるな」

「忘れるはずがございません」

「大納言が娘を東宮に入内させたがっているのは、知っての通りだ。それ自体は願ってもない話だが、東宮が難色を示している。どうしてもの時は、朕の命により入内を許すつもりだが、できるならば東宮が快く受け容れる形が望ましい」

「仰せの通りと存じます」

「それだけでなく、三条町が懐妊した」

そのことは小町も、この三月の間に種子から文で知らされていた。

道康親王にとって初めての子であり、男子であれば、東宮の第一皇子となる。そのことも、良房の焦りとなっているのかもしれない。

「仮に三条町が男子を産んだとしても、皇位継承者となることはまずない。ただし、東宮の第一皇子となれば、要らぬ警戒心を呼び起こすことにもなる」

「かしこまりました。わたくしが後宮に身を置いて、三条町さまとお生まれになるお子さまをお守りいたします」

それこそが、自分を宮中にと望んでくれる帝の本心だと思い、小町は改めて誓いを立てた。

女官としての役目を立派に果たすことが、その暮らしから救い出そうとしてくれた宗貞の気持ちにこたえることにもなる。そう信じ、小町は百日におよぶ深草の里での暮らしに別れを告げた。

第八章　雪うさぎ

一

小町が深草の里から宮中へ戻った日から、六年が経った。今は、嘉祥《かしよう》三（八五〇）年の春。

仁明天皇の御世は変わらないが、帝は昨年あたりから不調を訴えるようになっていた。また、その母である檀林太皇太后の具合もあまりよくない。承和の変の頃のように政の表に出ることはなく、ひたすら仏道に打ち込んでいるという。あの事変により廃太子となった恒貞親王はその後、政とも宮中とも関わりなく暮らしていたが、昨年出家してしまった。

一方、藤原良房は二年前に右大臣となり、廟堂《びようどう》の次席の地位にある。上席たる左大臣の座には、帝の弟源常がついていたが、東宮の伯父である良房の立場はそれに勝るものであった。

さらに、念願だった娘明子《あきらけいこ》の東宮入内も実現させ、間もなく子が生まれようとしている。

すでにこの頃、紀静子を母とする第一皇子をはじめ、東宮には三人の皇子がいたが、良房の娘に皇子が生まれれば、皇位継承の有力な候補となる。

小町の周辺にも変化はあった。

姉の大町が宮中を退いたのである。檀林太皇太后の使い走りのような働きをしていたものの、太皇太后が仏道三昧《ざんまい》になってからは、後宮にいる意味もないと考えたらしい。小野家の邸に帰り、女官をしていた頃の貯えを使って、好き勝手な暮らしを送っているようだ。

また、梢はもう年ごろの娘になっていた。宮中を出て、夫を持ってはどうかと勧めたこともあるのだが、梢は小町のそばにいたいと答えた。恋人はいないのかと尋ねると、数人いると澄まして言う。どうやら一人の夫と定めたい男はいないらしく、それなら好きにすればいいと、小町は笑って答えた。

「小町さまにお仕えしているというだけで、男たちの目には私まで輝いて見えるようですわ」

などと言って、仕事と恋を楽しんでいる。

この六年の間に、小町の立場も重くなったので、梢を女房格とし、他にも女房たちを置くようになった。かつての梢のような雑用係の少女も別に雇っている。

だが、多くの者が仕えてくれるようになっても、やはり梢は最も気心の知れた相手であった。この日の朝、種子のもとへ挨拶に行くのに、小町は梢だけを連れて局を出た。

昨日は一日雪が降ったので、庭はすっかり雪化粧をされている。小町は途中の渡殿で足を止め、清らかな雪景色を眺めた。

雪が降りやんだ後の、物音すべてを吸い込んでしまいそうな静寂が辺りを包んでいる。小町はその静けさが好きだった。静謐《せいひつ》をよしとする宮中では、思う存分その静けさを楽しむことができる。

しかし、その日だけは違った。

静かなはずの後宮の庭から、はしゃいだ子供の甲高い声が聞こえてくる。

「あら、あの声は……」

小町がふと呟くと、梢がすぐに「東宮さまの若宮ではないでしょうか」と答えた。

皇子や皇女は母の実家で育てられるのが基本なので、ずっと宮中にい続けることはない。だが、時には数か月の間、父母のもとで暮らすこともあった。今、参内している幼い子供といえば、一人しかいない。

東宮道康の第一皇子、惟喬《これたか》親王である。母はあの紀静子で、この春で七つになった。さまざまな理由から、小町にとっては特別な皇子である。仁明天皇のためにも静子のためにも、何としても守り抜かねばならない皇子なのだが、相手は小町のことを知らないだろう。小町自身も、種子や静子を通して惟喬のことを耳にする機会は多かったが、身近に見たことはない。

ならば、これは惟喬を見る好機かもしれない。小町は扇を取り出して顔を覆うや、幼い声のする方へ向けて歩き出した。梨壺《なしつぼ》の御殿の方であり、そこに暮らしているのは東宮と静子たちである。

やがて、雪の降り積もった庭で遊ぶ一人の少年と、数人の若い女房たちの姿が目に入ってきた。彼らは雪で何かを作っているところのようだ。

小町が渡殿で足を止めると、惟喬が気づいて顔を上げた。幼いながら気品のある顔立ちは東宮譲りで、生き生きとした目がとても賢そうに見える。目が合ったので、

「それは、何ですの」

と、小町は尋ねてみた。雪で何かの生き物を作っているようだが、よく分からない。すると、惟喬は少し拗《す》ねたような表情を浮かべ、「うさぎだ」と答えた。

「月に住んでいるといううさぎに見えぬのか」

見えないと正直に答えれば、さらに機嫌を損ねそうである。小町は扇を当てたまま小さな笑い声を立てた。

「月に住んでいるのはうさぎではなく、美しい男の人なんですのよ」

小町の返事に、惟喬は目を瞠った。

「そなたは見たことがあるのか」

「あったら、ここにはおりませんわ」

小町は澄まして答えた。

「もう今頃は、その方を追って月に昇っていることでございましょう」

小町は微笑んで言うと、目礼してその場を去った。その後、惟喬のはしゃいだ声は聞こえなくなった。


小町のもとへ文が届けられたのは、その数日後のことである。

「あのう、小町さま」

梢が神妙な顔つきをして、一通の文を差し出してきた。

「これを届けてきたお方がいるのですが」

と、言う。友人同士、恋人同士、果ては用向きの伝達など、文のやり取りは宮中では頻繁に行われることなので、めずらしくもない。そういう使者はこっそり文を置いていった場合を除き、受け取った側で手厚くもてなすのが礼儀である。ただし、送り主の身分や立場によって、その扱いには差が出るものであった。

「どなたのご使者なの」

小町が文を受け取りながら尋ねると、

「いえ、ご使者ではなく、ご本人がそこに来ておられます」

と、梢は答えた。

「御文を書いたご本人がお見えだというの？」

自分で足を運ぶのなら直に言えばよいのに、おかしなことをするものである。

「そんな遠回しなことをするのは、いったいどなた？」

文を開く前に尋ねると、

「東宮の若宮さまです」

と、梢は困惑した様子で答えた。

「えっ、若宮さまがこちらへ？」

「お付きの方がご一緒ですけれど」

「ならば、すぐに中へお迎えしなければ」

いくら子供でも、相手は親王である。小町自身が迎えに行こうと立ち上がりかけると、
梢がそれを止めた。

「私も中へ入るようお勧めいたしました。でも、今日は文を届けに来たのだ、とおっしゃるのです」

「では、もうお帰りになってしまわれたの？」

「いえ、そこで待っておられます」

「……どういうことかしら？」

子供の考えていることがまるで分からず、小町は混乱した。

「若宮さまは、御文をすぐに読んでいただきたいのではないでしょうか」

小町の反応を知りたがっているのだろうと、梢は自分の推測を述べた。

「ですから、まずは御文をお読みになり、それから小町さまご自身がお出迎えになるのがよいと存じます」

そういうことかと、小町は納得した。幼い惟喬は文の返事をただ待つことに耐えきれず、自ら文を届けた上、相手の反応を確かめるべく待ちかまえているようであった。

小町は惟喬からの文を開いた。中には一首の歌がしたためられている。


世の人の恋てふものを我もまた　君ゆゑにこそ知りそめにけり

おそらく手習いを始めて、さほど年数を経ていないのだろう。字は幼さ丸出しの拙いものである。中身の歌は古歌を書き写したものではないから、誰かの代作といったところか。

——世の中の人が恋と呼ぶものを、あなたのせいで、わたしも知り始めたんだ。

「えっ……」

惟喬自身が届けに来たのだから、まさか間違って届いてしまったことはあるまい。だが、この歌をそのまま受け取ってよいのなら、「あなたのことを好きになった」と告白されたことになる。

小町が文を手にしたまま絶句していると、

「どうかなさいましたか」

と、梢が心配そうに尋ねてきた。

小町は黙って、文を梢に見せた。問いかけるような眼差しに、読んでもかまわないと目で答える。

梢は文を受け取り、無言で目を通していたが、

「まあ、これは」

意味を理解するや、驚きと共に華やいだ声を上げた。

「さすがは小町さまですわ。二十以上も年下の殿方から恋い慕われるなんて」

小町を称える言葉を口にしてはいるが、その声が笑っている。

「まこと、女人の誉れですこと」

なおも笑っている梢から文を取り上げ、小町は外で待つという惟喬を迎えるため立ち上がった。

「若宮さまをおもてなしする仕度をすぐに整えて。お付きの方をお迎えする用意も」

梢に言い置いて、戸の外へ出ると、一人の女官を従えた格好で惟喬が立っていた。

「これは、若宮さま。わざわざのお越しをかたじけのう存じます。また、御文を頂戴しましたこと、御礼申し上げますわ」

「うむ。余の歌を読んでくれたか」

惟喬は期待のこもった目を小町に向けて尋ねた。

「はい。あの歌は若宮さまがお作りになったのですか」

代作だと思っていた小町は、余の歌という惟喬の言葉に少なからず驚いて訊き返した。

「うむ。七宮さまが手ほどきしてくださったのだ」

七宮さまとは、紀種子を母とする常康親王のことで、惟喬からすれば父方の叔父であり、母方の従兄という近しい間柄である。仁明天皇鍾愛の常康もすっかり大人びて、今では学問好きの親王として知られていた。

「だが、歌ならば左近に習うのがよいと聞いた」

「左近？」

小町が首をかしげると、後ろに控えていた女官が「左近衛将監《さこのえのしょうげん》在原業平殿のことです」と口を添えた。

「若宮さまがお暮らしのお邸に、婿殿としてお見えになられますので、お親しくしておられます」

「ああ、そうでしたね」

小町と同様に、仁明天皇から東宮を守れと言われた在原業平は、静子の兄紀有常の娘のもとへ婿入りしていた。

「これも、自然と東宮さまや三条町さまに近付く手段ですよ」

などと言っていたが、身勝手なことを、と小町はあきれたものであった。

ただ、紀家へ婿入りしたことで、業平は確かに静子や惟喬親王と近しくなっているらしい。そして、業平が和歌の名手として世間に知られていることも、事実であった。

「お歌を習うだけなら、よろしいのですけれど……」

惟喬のかなりませた物言いも、もしかしたら業平の悪い影響を受けているのではないかと、小町はひそかに案じずにいられなかった。だが、小町が何を心配しているのかには感づいた様子もなく、

「して、余の歌を読んで、小町はどう思った？」

惟喬はさらに期待に輝く目を向けて問う。歌の良し悪《あ》しを訊かれているのなら、その齢《よわい》とも思えぬ出来栄えを褒め称えたい。しかし、惟喬が訊いているのは、歌にこめられた想いへの返事の方であろう。

「ありがたい仰せと承りました」

小町は恭しく真面目な表情で答えた。

「では、余の心を受け容れてくれるのだな」

言葉の意味をどこまで理解しているのか、惟喬はさらに踏み込んだことを尋ねてくる。

小町はわずかに首をかしげ、返事をした。

「そういうお尋ねは、直になさるものではありません。また、急いで答えを求めるものでもありませんわ」

「そうなのか？」

惟喬は初めて知ったという様子で驚いている。

「お答えはゆっくり考えてからといたしましょう。ですが、今日のところは、わたくしの局にお寄りになってくださいませ」

小町が勧めると、「では、そういたそうか」と、惟喬は鷹揚《おうよう》にうなずいた。小町が手を差し出すと、素直にその手を取ってくる。小町は惟喬と手をつないで、局の中へ入って行った。

「まあ、何てかわいらしい」

日頃、幼い子供と接することのない若い女房たちは、その姿に色めき立った。

「若宮さま、唐菓子《とうがし》はいかがでございますか」

「水菓子もご用意してございます」

たちまち惟喬を取り囲んで、もてなすことに一生懸命である。

「うむ。余はどっちも好きだ」

大人びた口調で答える様子がさらにかわいいと、歓声が上がった。

「若宮さまはどんなお飲み物がお好きですか。蜜を溶かしたお水などいかがでしょう」

「それより、主上から賜ったお茶もございましてよ。お体にもいいと評判ですわ」

争って惟喬の意を迎えようとする女房たちの饗応《きようおう》を、惟喬はごく当たり前のように受け容れている。小町は梢を呼び、惟喬付きの女官の世話を言いつけると、奥へ入った。

文机の前に座り、改めて惟喬からもらった文を開いてみる。

幼い字にこめられた少年の想いが、おかしくもあり嬉しくもあり、改めてしみじみと心に沁みた。

二

小町が惟喬からもらった文を手に、種子のもとを訪ねたのはその数日後のことである。

「あら、妹はこのことを知っているのかしら」

種子は驚きつつも楽しげな口ぶりで、このことを語り、ぜひ静子もこの場に呼ぼうと言い出した。二人で静子のもとへ行ってもいいのだが、惟喬が近くにいることもあり得るので、静子に一人で来てほしいと使いを送る。

それからほどなくして、静子が梨壺からやって来た。

その後は、女三人でひとしきり、惟喬の話題で盛り上がった。

「こんな歌を作っていたなんて、まったく存じませんでしたわ」

静子は目を丸くしたものの、

「でも、『君ゆゑにこそ』とするなら『知りそめにけれ』としなくては。最後の一文字を間違えておりますわね」

と、細かいところに気づいて指摘する。

「七宮が手ほどきをしたそうですから、それは師匠の失態ですよ」

種子は笑いながら言った後、

「七宮は惟喬さまから、小町殿への想いを聞いていたのかしら」

と、首をかしげた。

「あの年の子供ですから、そうそう胸の内を秘めていられるとも思えないのですが」

と言いながらも、どうして母である自分に黙っていたのだろうと、静子は解《げ》せない表情を浮かべた。

「そこは男の子ですから、母君の前では気恥ずかしいのかもしれないわ。それにしても、惟喬さまも小町殿を見初められるなんて、お目の高いことね」

種子が小町に微笑みかけながら言うと、静子もうなずいた。

「わたくしもそう思いますわ。でも、初めての恋が小町殿では、女人に多くのことを望みすぎて、この先、まともな恋ができないのではないかと案じられます」

「お二方とも、おからかいが過ぎますわ。わたくしはお若い方に慕われた自慢話をしに伺ったのではなく、若宮さまの才を独り占めしては申し訳ないと思えばこそ」

小町の言葉に、種子は表情から笑みを消し去り、大きくうなずいた。

「確かに、惟喬さまの幼さでは信じられないくらいのお歌ですわ。多少、七宮が手ほどきをしたのだとしても、大してお役に立てていないでしょう。そもそも恋歌を上手に作れるような才があるとは思えませんから」

種子が惟喬を褒めると、静子は初めのうち「そんなことは……」と謙遜するふうであったが、

「このご聡明さなら、東宮さまはさぞ将来に期待なさっているのではありませんか」

と、話が東宮のことに及んだ途端、表情を曇らせた。

「確かに、宮は大人びた物言いをすることがあると、わたくしも思うことがあります。それが聡明ということになるのかどうか、わたくしには分かりませんが、東宮さまは宮を賢い子だとよくおっしゃいます」

「それは、けっこうなことではありませんか。この先、東宮さまも大勢のお子を持つこ

とになるでしょうが、わたくしたちのような身分の者から生まれた皇子にとって、父上からお目をかけていただくのは大事なことですよ」

種子は妹を諭すように言った。

種子の産んだ常康親王も、その聡明さを父帝に愛されていたから、惟喬の賢さもその母方の血筋のせいなのだろうと、小町は思いめぐらした。

しかし、種子のそんな言葉も、静子の沈んだ顔つきを明るくすることはなかった。

「何をそんなに案じていらっしゃるの？」

種子がさすがに、静子の様子のおかしいことに気づいて、さらに尋ねる。

静子はそれでも少しばかり躊躇するふうであったが、「お二人であればお話ししても」と呟くように言った後、

「この先のことは、ここだけの話ということにしてください」

と、表情を改めて告げた。

種子も小町ももちろんすぐに承知した。

「実は、東宮さまは近頃、宮のことを帝王の器だとおっしゃることがあったのです」

「えっ……」

種子が小さく驚いた声を上げ、顔から表情を消した。

「別段、わたくしや宮に聞かせようというおつもりはなかったようです。独り言のよう

でしたから、わたくしは聞こえないふりをしました。どういう意味なのかとお尋ねしてしまえば、聞いてはならぬお言葉を耳にしてしまいそうで、それも恐ろしく」

「それは賢いご判断でした。他に聞いた者はいたのですか」

種子の問いかけに、静子は「いいえ」と述べた。

「少し離れたところには女房などもおりましたが、聞こえてはいなかったと思います。宮は近くにおりましたが、聞いていたとしても、あの子には意味が分からなかったでしょう」

静子が語り終えると、沈黙が落ちた。

ややあってから、種子がゆっくりと息を吐いて口を開いた。

「東宮さまのお立場からすれば、少し軽率と言われても仕方のないご発言だったかもしれませんね」

「わたくしもそう思います。ましてや、間もなく染殿《そめどの》の御息所《みやすどころ》さまがお子をお産みになろうという今……」

染殿の御息所とは、藤原良房の娘明子のことであり、良房の邸の名を採ってそう呼ばれていた。今はその染殿に宿下がりしている。

静子は聡明である上、おっとりした性分でもあったから、明子と対立するようなことはなかった。また、明子も少々派手好きだという噂はあるが、取り立てて後宮の和を乱すようなことはなかった。そのため、東宮の後宮はこれという問題もなく治まっていたのだが、東宮自身が穏やかでないことを言い出せば、そうもいかなくなる。明子はともかく、その父親である良房が黙ってはいないだろう。

「東宮さまはもしや焦っておいでなのでしょうか」

小町が口にした言葉に、種子と静子とは顔を見合わせた。

「もちろん、染殿の御息所さまにお子がお生まれになるのは、待ち遠しいことでございます。けれども、もし皇子さまがお生まれになれば、惟喬さまの上に立つお方となるかもしれません。東宮さまは惟喬さまの才を御覧になるにつけ、そうしたくないとお思いなのではないでしょうか」

「ですが、お生まれになるお子が宮より優れたお方ということだって、あるかもしれませんのに」

静子はうつむきがちに呟いた。

「それでも、惟喬さまが弟宮の下につくのを哀れとお思いなのかもしれません。惜しいとお考えになるのも無理はないご利発さなのですもの」

小町の言葉にも、静子は顔を上げぬままであった。

「この件については、東宮さまにお考えを改めていただくより他にはありませんわね」

ややあってから、種子が少し小さな声で呟くように言った。

「あなたご自身は、惟喬さまに御位についてほしいなどと望んでいないのでしょう？」

さらに低い小声になって、種子は静子に問う。静子は不意に顔を上げると、

「御位など、とんでもないことでございます」

と、激しく首を横に振った。

「東宮さまにご意見できるのは、主上かお母上の女御さまだけでしょう。わたくしから主上にそれとなく申し上げておきましょうか」

種子が持ちかけると、静子は取りすがるような調子で「お願いいたします」と答えた。

「主上のお加減もあまり優れぬという時に、本当に恐縮なのですが……」

静子の言葉に、三人は顔を見合わせ、互いの表情の中に不安の色を見出《みいだ》した。

仮に、東宮が惟喬を皇位継承者にすると無謀なことを言い出したとしても、仁明天皇がいる限り、それは阻まれるだろう。また、明子が仮に皇子を産み、その子をめぐって、東宮と良房の間に何らかの対立が起こったとしても、帝ならばその両者を取り持つことができる。

しかし、万一にも帝の御身に何かあった時、東宮と良房を調停できる者がいなくなってしまう。藤原北家出身の順子や明子がいるにはいたが、二人の女人にその任を背負わせるのは難しかった。

(主上が数年前に危惧していたことが、いよいよ本当のことになってしまうかもしれない)

小町と在原業平と良岑宗貞の三人に、帝が下した密命は、その後、改めてそれぞれの間で語られることはなかったが、今も力を失っていない。そして、小町の脳裡から常に離れないように、業平と宗貞も決して忘れてはいないだろう。

とうてい、右大臣良房の権力に対抗できるような力ではないが、業平は左近衛将監となり、宗貞は今や帝の側近である蔵人頭《くろうどのとう》に任命されていた。蔵人頭は将来の出世が約束された職であり、かつては良房も就いていたことがある。ただし、一代ごとに任命されるものなので、万一にも仁明天皇が譲位することになれば、いったんは任を解かれることになるのだった。

小町とて、帝の譲位後となれば、こうして宮中にい続けられるとは限らないのである。その時、どうやって静子や惟喬を守ることができるだろうか。

(わたくしたちは、いつも主上に守られていた……)

東宮や後宮の女人たちは無論のこと、業平や宗貞らの廷臣たちも、そして、あの良房でさえもまた——。

帝が対立する勢力の均衡を保っていてくれたから、争いが形となるのを避けられていたのだ。

（今も、最後にお頼りするお方としては主上以外に思いつかない）

帝の密命の件を、種子や静子は知らないのだが、小町は自分の不甲斐《ふがい》なさをひそかに申し訳なく思った。

「この話はいったんここまでといたしましょう。これ以上心配してもどうなるものでもありませんから」

その場を取りまとめるように、種子がきっぱりと言い、小町と静子も同意した。それから、三人は堅苦しい話も不安を催すような話もやめて、惟喬や在原業平の噂話などをしていたが、

「宮の様子も気になりますので」

と、やがて静子が先に帰って行った。

二人きりになると、種子が改まった表情で「小町殿」と呼びかけた。

「先のお話にも出ましたけれど、主上のご容態が案じられます。どうしようかと迷っていましたが、写経を行おうと思いますの。ご快癒を願ってしかるべきお寺にお納めしようと思うのですが、ご一緒にいたしませんか」

「わたくしのような者をお誘いくださり、ありがたく存じます。よろしければぜひご一緒に――」

帝の子を生したわけでもなく、確かな帝の女人とも言いがたい立場の自分に、温かい

言葉をかけてくれる種子の気持ちが嬉しかった。

(わたくしが宮中へ上がった時からずっと、種子さまはわたくしの味方をしてきてくださったのだわ)

そのことを思うと、胸がいっぱいになる。ところが、

「わたくしに感謝などなさらないでください」

突然のように、種子はこれまで小町に見せたこともないような強張った顔で言い出した。

「どうしてですの。わたくしが宮中で大過なく過ごしてこられたのは、ひとえに主上と種子さまのお蔭でございます。主上は別ですが、種子さまに感謝しないで、誰に感謝せよというのでしょう」

「小町殿は口惜しいと思ったことがないのですか」

不意に切実な口ぶりで種子から問われ、小町は困惑した。

「わたくしが主上にあのような差し出口を利かなければ、小町殿はまことに主上のご寵愛を受けておられたかもしれませんのに。そうしたら、今頃、主上のお子をお持ちになっていたかもしれませんのに」

「そのようなこと、考えたこともございません。それに、種子さまが主上に良策を示してくださったからこそ、わたくしは宮中に残ることができたのではありませんか」

「あの時のわたくしに邪な心がまったくなかったと、わたくしの心が真っ白だったと、小町殿は本気でお思いですか」

「それは……」

小町にはすぐに答えられなかった。「もちろん本気でそう思います」とすぐに答えるのは、正直な気持ちを打ち明けようとしている相手に失礼な気もした。

「小町殿のお美しさを恐れる気持ちがまったくなかった、とは言えません。わたくしは、わたくしに注がれる主上の慈しみやお優しさを、小町殿と分け合うことになるのがつらかった……。いずれは小町殿に主上を奪われてしまうと思うと……」

種子は低い声で語るうち、いつしかうな垂れていた。そして、口をつぐんだ後も顔を上げなかった。

「それでも、わたくしの種子さまへの感謝の気持ちは変わりませんわ」

ややあってから、小町は一語一語を嚙み締めるようにして告げた。

「わたくしはずっと種子さまのことを好きだったのですから」

小町の言葉につられるように、種子は顔を上げた。いつもの穏やかな表情ではなく、顔色は少し蒼《あお》ざめていたが、落ち着きは取り戻したようであった。

「一つだけ、お尋ねしてもよろしいですか」

種子は覚悟を決めた様子で尋ねた。小町は無言でうなずき返す。種子は尋ねるのはこ

の一度きりだと断った後、

「主上をお慕いしておられましたか」

と、ひと息に尋ねた。

小町は驚かなかった。かつて自分自身にも同じことを問い、答えの出なかったその疑問に対し、答えを持っていた。

「はい」

小町は迷いのない口ぶりで答えた。

「ですが、お慕いしたお方が主上お一人であったとは申しません」

種子は凝然と小町を見つめ返した。そして一瞬の対峙するような緊張の後、息を一つ吐いた。その時の種子の表情はいつもの柔らかなものであった。

「あなたらしいこと。でも、わたくしが生涯お慕いしたお方は、ただお一人、主上だけです」

そう述べる種子に、小町は微笑みかけた。

「分かっております。そうでなければ、種子さまを嫌いになっていたでしょう」

小町の言葉に、種子はすべてを呑《の》み込んだ表情でうなずき返した。

三

小町や種子の祈りも虚しく、仁明天皇の体調が急激に悪化したのは三月に入ってからであった。そして、いよいよ譲位の意向が伝えられた。

その頃にはもはや出御も控え、床に就くことが多くなっていたのだが、帝は個別に話をしたい者をそばへ招くようになった。後宮の女人たちや皇子、皇女たちも呼ばれ、小町の番もやがて訪れた。

一人で呼ばれる者も、数人で呼ばれる者もあったが、小町の場合は一人であった。この時、帝は決して顔色がよくはなかったが、褥の上に起き上がり、脇息《きょうそく》に寄りかかっていた。その様子がしみじみと胸に迫ってきて、

「主上……」

小町の声は呼びかけただけで涙混じりになっていた。

「そなたには、すまなかったと思うている」

帝の第一声はそれだった。小町は驚きに目を瞠った。

「何をおっしゃいますか。主上がわたくしに謝らねばならないことなど、何一つございませんのに」

「いや、そなたをこの宮中に縛りつけた。宮中で咲き続けるよう強いたのは朕だ。我が宿に移し替えて、一人で愛《め》でることを望んだ男もいたというのに……」

「良岑さまのことを仰せですか。もはや遠い昔のことでございますのに」

「いや、宗貞はそうそうたやすく心を変えられるような男ではない。そんな男に、朕は惨《むご》いことを頼んだ」

「良岑さまのお心は、主上がお考えになっているようなものではないと存じます」

小町は帝の心が少しでも和らいでほしいと願いながら語り出した。今になって苦しむ帝が哀れでならなかった。

「わたくしはずっと、あの方の気持ちが分からなかったのです。でも、百日目にお出《い》でにならなかったことで、ようやく分かりました。あの方はわたくしを恋しく思ってくださったわけではありません。哀れに思ってくださったのです。もし恋しく思っておられたなら、主上の仰せがあろうとも、百日目の夜、わたくしのもとへ来てくださされたでしょう」

「そういう想いのかけ方もあるだろう。そなたならば、そんな男の想いを受け容れてやれたはずだ」

「でも、あの方はわたくしを哀れに思うよりも、主上を哀れに思われたのですわ。東宮さまをご心配になる主上の御事を――」

小町が口を閉ざすと、帝はそれなり少し沈黙した。ややあって、口を開いた時、その顔色はそれまでよりも曇っている。

「東宮と惟喬のことが気がかりだ。染殿の御息所に皇子が誕生するのは、朕の望みでもあるが、そうなった時のことを思うと、どうしても不安が消えぬ」

「主上のお心は分かっております。惟喬さまの御事は、良岑さま、業平さまを含むわたくしどもにお任せくださいませ」

「……うむ」

帝の声がわずかに滲んだ。

「そのことは、宗貞と業平にももう一度、頼み置いた」

「では、もうご心配なく」

小町は帝の腕に手を差し伸べ、「横になられますか」と尋ねた。帝は小町の腕をつかみ、無言でうなずく。

小町は帝の背に腕を回し、身を横たえるのを手伝った。ふっと、清涼殿での小宴の際、奥で休んでいた帝の背に腕を回した時のことが思い出された。あの時と比べ、その背はすっかり痩せ細ってしまっていた。そのことがどうしようもなく悲しく、寂しく、胸に迫ってくる。

「惟喬さまがわたくしのことを恋しいとおっしゃってくださいましたの」

小町はふと思い出したといった様子で、明るく帝に告げた。

帝の眼差しに柔らかな笑みが浮かぶ。

「それは……朕の血を引くのだから、当たり前だな」

小町も帝に微笑み返した。

「あのお方を前東宮《さきの》さまのようにはいたしません。必ずお守りしてみせます」

もう一度、小町は固く誓った。それに対して、帝はもう何も言わず、しばらく沈黙が続いた。

いつしか帝は目を閉じていた。もしやお休みになられたのかと思い、小町が確かめようとすると、

「花の色はうつりにけりないたづらに……」

帝の口から、不意にその言葉が紡ぎ出された。見れば、帝は目を閉じたまま、かつて小町の詠んだ歌を口ずさんでいる。

「……我が身世にふるながめせしまに」

長い時をかけて一首を口ずさむと、帝はようやく目を見開いた。

「見事な歌だ。だが、寂しい歌でもあった。あのような歌をそなたに詠ませたのは、朕のせいであろう」

「そのおっしゃりようは少し違います。主上があの歌をわたくしに詠ませてくださった

のです」

小町は言葉を返したが、帝はまるでその言葉が耳に入らぬという様子で、そのまま口を動かし続けた。

「だから、あの歌に返しを作ろうと……ずっと思っていた。されど、あの歌が見事すぎて、返しがどうしても作れぬ」

「主上……」

「命の尽きる前に、返しを作れたら、そなたのもとへ――」

帝の呟きはそれで果ててしまった。

今度こそ、本当に寝入ってしまったようであった。

小町はそれからほんのわずかの間、帝の姿を静かに眺め、目に焼き付けた。そして、静かに退出し、お付きの女官に帝が休まれたことを伝えた。

第九章　墨染めの花

一

その年の三月十九日、仁明天皇は東宮道康親王に譲位し、文徳《もんとく》天皇の御世となった。それから、わずか二日後の二十一日、太上天皇《だじょうてんのう》（上皇）の尊号を贈られることなく崩御。

この時、大喪の行事を司る装束司《しょうぞくし》の役に、良岑宗貞は選ばれている。

遺言により、葬送の儀式はすべて停止とされ、崩御から四日後の二十五日、仁明天皇は深草の地に築かれた陵《みささぎ》に埋葬された。

宮中はいっせいに喪に服することとなり、人々の衣裳はすべて墨染めのものに替えられている。そして、咽《むせ》び泣く声が常にやむことのない後宮の小町の局に、一人の男が訪ねて来たのは、先帝の埋葬が終わった二十五日の夜半のことであった。

すでに、小町も梢も他の女房たちも床に就いていた。

小町が戸を叩くかすかな音に気づいたのは、先帝のことを思って眠れなかったからである。女房たちが起き出す気配はない。

小町は明かりは点《つ》けずに、そっと戸口に近付いた。相手が誰かは顔を確かめるまでもなく、分かる気がした。どんな目的で、相手が訪ねて来たのかということも——。

「どなたでいらっしゃいますか」

小町は声をひそめて尋ねた。

「私です。良岑宗貞です」

低く懐かしい男の声が耳に注ぎ込まれる。小町は躊躇うことなく戸の錠を外した。

月のない晩、星の明かりだけで見る男の顔は、これまでになくやつれて見えた。きっと、自分も同じようにやつれていることであろう。だが、隠さねばならないとは思わなかった。隠さなくてもよい、ただ一人の相手であるとさえ思えた。また、小町自身も相手のやつれた姿に、幻滅などはしなかった。むしろ、これまでになく相手を愛おしく思うことができる。

「最後にあなたにお会いしたくて」

と、宗貞は静かな声で告げた。最後という言葉の意味について、小町は尋ねなかった。

「宗貞さま……」

ささやくように相手の名を呼び、その冠《こうぶり》に手を差し伸べる。冠の外に出ている鬢《びん》の毛に指が触れた。

思えば、ずいぶん長い付き合いになり、二人きりになったこととて幾度もあったというのに、相手の体のどこかに触れたのは初めてのことであった。

小町の指先を、宗貞の手がそっと握った。

宗貞の手は冷たかった。

「こんなに冷たくおなりになって……」

「深草の陵へ先帝をお送りしてまいりましたから」

「そうでした。深草とはまた、わたくしたちに縁のある場所で、先帝はお眠りになられるのですね」

深草の里への百夜通い——あの結果が違ったものになっていたら、今二人のいる場所も、これから選ぶ道もまた、まったく違ったものとなったであろう。しかし、それは今さら口にするべきことではなく、二人は口をつぐんだままであった。

「中へお入りになられませんか」

小町は思い出したように尋ねたが、

「いえ、それはよしておきましょう」

と、宗貞は首を静かに横に振った。

「もう参ります」

続けて、宗貞は低い声で告げた。暗がりの中で、自分にじっと向けられた宗貞の瞳だけが、星が瞬くようにはっきりと見えた。

「どちらへ？」

とだけ、小町は尋ねた。宗貞は小さく首を横に振るだけで、どこへ行くとは答えなかった。ただ、

「どこへ行こうとも、先帝から授かったご命令は忘れませぬ」

と、宗貞は言う。小町は無言でうなずき返した。

宗貞は最後に、懐の中から折り畳まれた紙を取り出すと、そっと小町に差し出した。

「これを――」

「あなたが詠んだ桜の歌には遠く及ばないが……」

という言葉からすると、宗貞の作った桜の歌のようである。

「私にとって、桜はもう墨染めにしか咲かなくなってしまった」

小町の手に歌の書かれた紙をのせると、宗貞はそのまま背を向け、立ち去って行った。

星明かりの下、去り行くその背を見送った後もなお、小町はその場を動く気になれず、じっとしていた。何か様子が変だと起きてきたらしい梢が、

「どうなさったのですか」

と、驚いて声をかけてくるまで、そうしていた。

「……眠れなくて」

と、小町が答えると、梢はそれ以上尋ねてはこなかった。その後、しばらく小町に付き添っていたが、

「お休みにならないのでしたら、火を持ってまいりましょうか」

と、問うてきたので、小町はそうしてほしいと答えた。もう床に就く気持ちにはなれなかったし、宗貞から託されたものにも目を通したい。

やがて、梢が灯台に火を点してくれた。

その近くに寄り、折り畳まれた紙を開くと、見覚えのある流麗な筆跡で一首の歌がしたためられていた。

花もまた墨染めに咲き長雨《ながめ》やまず　天《あめ》の下《した》しる君ぞゆきける

宗貞は、桜はもう墨染めにしか咲かないと言っていた。

――桜もまた、私の喪服と同じように墨染めに咲き、その花を散らせる長雨もやまない。天下をお治めになった帝がお逝きになってしまったのだから。

宗貞にとって、お仕えするべき帝とは亡き仁明天皇以外には考えられなかったのだろう。その仁明天皇が守ってほしいと願った新帝のことは、命に懸けても守ろうとするだろうが、先帝に対するのと同じ気持ちでお仕えすることはできないと思ったのに違いなかった。

その思いをまっとうし、永遠に墨染めの喪服に身を包んでいようと思うのなら、採るべき道は決まってくる。

（あの方はもうここへは——宮中へは二度とお戻りにならない）

小町にはそのことがはっきりと分かった。

姿を消した良岑宗貞が出家を遂げたと伝えられたのは、それからしばらくした後のことである。

そして、宗貞が小町のもとを最後に訪ねてきたのと同じ日、右大臣藤原良房の娘明子は文徳天皇の第四皇子を産んだ。惟仁《これひと》親王である。

先帝の崩御から数日後のことで、仰々しい祝いなどは行われなかったが、良房にとっては待ちに待った外孫の皇子誕生であった。

（良房さまは四宮《しのみや》さまの立太子を強くお望みになるはず）

しかし、第一皇子惟喬親王の才を惜しむ文徳天皇は、簡単には同意しないだろう。

文徳天皇を守ってほしいという先帝の願いを、小町たちが命を懸けて叶えなければならないのはまさにこれからだった。

(戦いが始まる――)

墨染めの袖をかき寄せながら、小町はその覚悟を決めた。

二

仁明天皇の崩御から半年が過ぎた。季節はすでに秋を迎えている。

御世代わりと共に、新帝の母である順子を除き、先帝の寵愛を受けた女人たちがいっせいに宮中を去って行ったが、小町は女官として宮中に留まり続けた。

この秋、右大臣藤原良房の娘明子は、文徳天皇の女御の位を賜った。紀静子はいくら第一皇子の母であろうとも、出自のせいで、姉の種子と同じく更衣の位に留まっている。

その一方で、文徳天皇は明子と惟仁親王の参内を引き延ばし、自らもまた天皇の居所である内裏正殿へ移ろうとせず、東宮の頃の暮らしぶりを変えようとしない。

新帝と右大臣藤原良房との対立は、早くも深刻なものとなり始めていた。

この頃、先帝の時代から変わらぬ小町の局へ、一人の男が招き入れられた。

「ここが、名高い小野小町殿の局というわけですか。人払いをしたこの局で、小町殿と二人きりになれたのは、この私で何人目でしょうか」

浮かれた口ぶりでしゃべっているのは、在原業平である。

「何人目であろうと、あなたさまを数に入れる必要はないと存じますけれど」

小町が言い返すと、

「相変わらずきついお言葉ですね」

業平はきれいな顔をしかめてみせた。しかし、すぐに気を取り直すと、

「まあ、理由はどうあれ、こうして二人きりになれたのです。この先のことは分からない」

と、自分に言い聞かせるように言った。

「前置きはけっこうですから、遍昭《へんじょう》さまから預かったという文を見せてください」

小町は業平に告げた。遍昭とは良岑宗貞の法名である。

「遍昭殿は染殿にも出入りしているそうですよ」

と、業平は文を取り出しながら告げた。

俗人であれば警戒されたかもしれないが、僧侶となった遍昭には、良房も気を許しているのだという。特に、先帝を悼む気持ちが強いという点で二人は同じであり、良房は遍昭を染殿に招いては思い出話を交わしたり、読経《どきょう》を頼んだりしているらしい。

「そういえば、遍昭さまは右大臣さまとは従兄弟同士だと伺ったことがありました」

小町は遠い昔に、遍昭自身から聞いた言葉を思い出して呟いた。

「ああ、北家の冬嗣公の母君が桓武の帝のお手付きになって、遍昭殿の父君をお産みになったのでしたね。なるほど、従兄弟同士にしてはまったく似ていないが、確かに血のつながりはある」

「あなたさまと遍昭さまもお従兄弟同士のはずですけれど、似ておられませんよ」

小町が言うと、「そうですか」と業平は首をかしげた。

「遍昭殿がご出家の身となったからには、『宮中一優美な男』の通り名は、私のものだと思っていたのですがね」

と、勝手なことを呟いているので、小町はあきれた。

「まあ、いずれにしても、遍昭殿が右大臣の様子を見張ってくださると、こちらとしては対応しやすくて助かりますよ」

「あの方はそのために、ご出家なさったわけではないでしょうが……」

「それでも、我々が右大臣の周りを探るのは難しいのですから、ありがたいですよ。それとも、小町殿が右大臣の女人になって、あの方の動きに目を光らせてくださいますか。その前に、右大臣はあなたにご執心でしたよね」

そう言って、業平は小町に探るような目を向ける。

「いったい、何年前の話をしていらっしゃるのですか」

小町は冷淡に言い返し、業平が取り出した文を受け取るや、それを開いた。

遍昭の流れるような達筆で、文は長々としたためられている。

業平の言う通り、出家後の遍昭は身分や立場を離れ、良房とも付き合いを深めているようであった。出産の後、具合の優れないという明子のために、読経を頼まれることもあるらしい。

三月に皇子を産んだ明子は、七月には女御の位を授けられていたが、まだ参内は果たしていなかった。その体の不調は気鬱からくるもののようで、一因となっているのが夫の文徳天皇と父良房の対立である。良房としても、そのことは承知しているのだが、悪いのはすべて参内を許さぬ帝だと考えているらしい。

一方の帝は、決して明子母子の身を案じていないわけではないが、明子の具合が悪いと聞けばこれ幸いとばかり、もう少し実家で休んでいるようにと、参内の日取りを遅らせていた。

その状態が続く限り、明子の容態が好転するはずもなく、良房の苛立ちもただ増すばかりである。

果ては、はっきりと名前を出しはしないが、「主上のお目を曇らせている者が近くにいるのだ」と、暗に静子と惟喬を指すと思われる発言も口にするらしい。

文はまだ続いていたが、小町はいったん顔を上げて、溜息を漏らした。

「亡き先帝がご心配していた通りのありさまになってしまったのですね」

「せめて先帝のご寿命がもう少し長く、染殿の四宮（惟仁）がお生まれになるのを見届け、その立太子まで決めてくださっていれば、主上もこれほどかたくなにはならなかったでしょうが……」

業平が小町の呟きに応じて言い添え、息を吐いた後、さらに続けた。

「確かに、紀氏を母君とする一宮（惟喬）を帝とするのは無理がある。主上もそのことは分かってはおられるのでしょうがね。それでも、一宮をと執着なさるお気持ちは、私にも分からぬわけではありません」

語り終えた時の業平は、いつになく真剣な眼差しをしていた。

「惟喬さまの聡明さのことですか」

「その通りです。よくご存じでしょう」

「ええ、確かに……」

「あちらにとって、あなたは初めて恋した女人のようですからね」

先ほどまでの真剣さはどこかへ消え、業平はにやにやしている。

小町は無視して、再び遍昭の文に目を通した。

良房の焦りは日に日に募っており、少なくとも染殿の内では、惟仁親王の立太子を実現させると口にすることもあるらしい。惟仁は今年生まれたばかりであり、その立太子など、少し前なら考えられないことであった。しかし、先例や常識を守ろうという考えも、もはや良房の頭の中からは抜け落ちてしまったと見える。

一方、良房が強引に惟仁の立太子を迫れば、それに反撥《はんぱつ》する形で、文徳天皇も惟喬の立太子を考え始める。すべてが空回りの様相を呈していた。

そして、良房はついに先日、文徳天皇が明子と惟仁を参内させないのなら自分にも相応の考えがあると、口走ったということであった。

「相応の考えが……？」

小町が思わず呟くと、業平が「気にかかりますよね」と言った。

小町が文から顔を上げると、「そのことについては私から補わせていただきます」と業平は言い、先を続けた。

「まあ、右大臣が何をしようとしているのか、考えられることは三つあります」

「三つもあるのですか？」

小町は目を見開いて業平を見据えた。業平はおもむろにうなずくと、一つ一つ説明し始めた。

「一つは、廟堂を動かして主上を威圧することでしょう。賛同者が出るかどうかは分かりませんが、申し合わせて公卿《くぎょう》僉議《せんぎ》を欠席させるとか、政務が滞るような嫌がらせをする」

「右大臣ともあろうお人が考えるにしては、浅はかにすぎると思われますが」

小町が首をかしげて言うと、

「おっしゃる通りですが、主上を困らせようとなさっただけで、要職にある者としては浅はかですよ」

業平は容赦のない物言いをした。

「まあ、一つ目の案は、自らの心の狭さを世間に公表するようなものですから、さすがに思いとどまられるかもしれません。それで、二つ目です」

業平がいったん間を置いたので、小町はうなずいた。

「これは穏当かつ、右大臣の評判を下げることのない方法ですが、主上の母君である皇《こう》太夫人《たいぶにん》さま（藤原順子）を動かすこと。さすがの主上もお母上のお言葉をむげになさるとは思えません。ただし、皇太夫人さまも皇位継承について口を挟むことはできないでしょうから、せいぜい染殿の女御（明子）と四宮の参内をお勧めになるといったところでしょうが」

「それならば、もうすでに手を打たれているようにも思えますが」

小町が再び首をかしげると、業平は「その通りです」とすかさず応じた。

「あの右大臣のことですから抜かりはないでしょうし、頼まれずとも皇太夫人さまから口利きをなさったかもしれない。そうなると、もう少し手の込んだことを考えられるかもしれない」

「手の込んだこととは――？」

「染殿の女御と四宮を二度と参内させぬといって、主上を追い詰め申し上げる」

「そんな……」

「さすがに主上とて、染殿の女御と四宮に情けをお持ちでしょうから、会わせてもらえないとなると、かえって想いを募らせられるかもしれません」

「でも、それでは染殿のお二方がお気の毒ですわ」

「そうです。世間は染殿のお二方を哀れみ、主上を非難するでしょう。そもそも、右大臣はお二人を参内させたいと申し出ていたのに、主上が拒絶なさったのですからね。そして、その時、世間の非難の矛先は、主上のおそばにおられる三条町（静子）と一宮に向かうかもしれません」

「それは……」

困った事態になると、小町が表情を曇らせた時、

「しかし、私はこの方法を右大臣は採らないと考えています」

と、業平は鮮やかに切り返した。

「なぜ、そう考えるのですか」

「そうなれば、四宮の立太子の件など吹き飛んでしまうからですよ。主上は染殿の女御や四宮への想いを募らせるかもしれませんが、一方では冷徹に、一宮の立太子をお進めになってしまうかもしれません。その上で、染殿の女御と四宮のことはゆっくり考えていけばいい、と。それは、右大臣にとってまったく利のないことです。右大臣は主上に、娘や孫をかわいがってもらいたいのではない。ただ、孫を東宮にしてもらいたいだけなのです」

「そう聞くと、ひどい話ですが、確かに右大臣ならお考えになりそうなことです」

小町は納得して呟いた。

「右大臣のお胸の内をよく分かっておられるようなお言葉ですね」

気がつくと、業平が探るような眼差しを向けてきている。

「そうでしょうか」

小町はさりげなくかわし、「それよりも」と話を変えた。

「先ほどは、右大臣の採り得る方策が三つある、というようなお口ぶりでしたが……」

「その通りです。最後の一つが最も危なく、最も許されないことなのですが、起こり得る見込みは決して低くないらしい」

業平はもったいぶった言い方をする。

「遍昭さまも業平さまも、その最後の方策を警戒しておられるということなのでしょう？　早く、それをお話しください」

「まあまあ」

話の先を迫る小町を、業平はなだめるように言うと、先を続けた。

「ここまでの話は無意味ではありません。廟堂を動かす、後宮を動かすという二つの方法にいずれも難があるからこそ、追い詰められた右大臣が許されぬ悪事に手を染めるということになるのですから」

「あなたさまの物言いを聞いておりますと、右大臣がまるで鬼に魂を売り払ったかのように思えてきますわ」

「まことに売り飛ばしたのかもしれませんよ、鬼にね」

意外にも、業平は真面目な表情になって告げた。そのことが小町の心を不安にかき立てる。

「遍昭殿が染殿に出入りするうちに知ってしまい、もしやと恐れておられるのがこのことです。実は染殿に出入りしている商人を見かけたそうなのですが、邸の使用人が言うには、どうやら東国の奥深くからやって来ている者だというのですよ」

「東国の奥深く……？」

「どこの国の者かは分からなかったそうですが、遍昭殿の目には蝦夷の血が入っているような大男に見えたそうです」

「蝦夷の……？」

小町は覚えずどきっとした。蝦夷は小町の生まれ故郷出羽国では、めずらしくはない。朝廷に服属した蝦夷の民も大勢いたし、民の間では血も混じっていた。小町自身の乳母の夫にも蝦夷の血は流れており、しかも、その男は都にも出入りしている商人だった。その幽雪という男に連れられて、小町自身が上洛したことは誰にも話していないし、今も業平に告げる気持ちにはなれなかった。

「その商人は都で仕入れた品を東国で売りさばくわけですが、東国からめずらしいものを持ち込むこともあるそうです。主なものは干した薬草、海産物、木の実などだとか」

干したものならば運ぶのに容易《たやす》く、かつ道中の腐敗を気にする必要もない。幽雪がそれらを都に運んでいたことは、小町も知っていた。だが、良房が蝦夷の商人と取り引きをしていたからといって、別段非難されることではないし、危ないことでもない。業平の話がどこへ向かうのか予想できず、かえって小町は不安を募らせた。

「話を戻しますが、右大臣が四宮の立太子を願う時、邪魔になるのは誰かといえば、まずは一宮が挙げられます。この際、主上が立太子を望んでいない二宮、三宮は、右大臣の眼中にないでしょう」

「まさか、惟喬さまに何かなさろうというのですか」

思わず腰を浮かしかけた小町を目で制しながら、まだ話は終わりではないと、業平は言った。

「一宮以外にも、右大臣にとって邪魔なお人がいるでしょう。むしろ、そのお人がいなければ、一宮の立太子など誰も望まない。そのお人がいなくなれば、一宮自身は右大臣にとっての邪魔者でも何でもなくなる。そういうお人が——」

「まさか……主上ですか」

問いただす声が思わず震えた。業平は落ち着いた様子のまま、話し続ける。

「右大臣がどちらにいなくなってほしいと望んでいるかは、さすがに分からない。ですが、右大臣がこの蝦夷の商人から毒を仕入れたのではないかと、遍昭殿は疑っておられます」

ようやく蝦夷の商人と良房の陰謀とがここで結びついたが、小町は何も言い返すことができなかった。

「さすがに、遍昭殿も現物を見たわけでも、取り引きの現場を見たわけでもありません。ただ、その商人が染殿の使用人には託さず、右大臣に直に渡している品物があるのだぞうです。しかも、染殿の金蔵を預かる者の話によれば、法外とも思える値を右大臣は商人に支払うよう命じたとか。その法外な値のついた品物とは、右大臣が直に受け取ったものとしか思えぬわけです」

「それが、毒だと——」

「遍昭殿はそのことを恐れておられる。無論、すぐに使おうというのでなくとも、いざという時のために仕入れたと考えることもできます。主上をどうこうなど、考えるのも恐ろしいことですが、四宮がお生まれになった以上、主上は右大臣にとって不要なお方となってしまったのかもしれない。そもそも、主上はご自分の甥御でもいらっしゃるわけで、他の廷臣に比べれば、おそれ多いと思う気持ちも薄いのかもしれません」

良房の内心を推し量る業平の言葉は当たっているだろうと、小町は思った。そういう傲慢さがなければ、帝やその第一皇子をどうこうなどという考えは浮かんでこない。

「それで、小町殿にお尋ねしたいことはここからなのです。遍昭殿のお文にも確かめたいことがある、と書かれていたと思いますが」

小町は改めて遍昭の文に目を通した。詳細は業平から聞いてほしいと書かれた後に、お尋ねしたいことがあるがそれも業平から訊いてもらう、としたためられている。文はそれで終わっていた。

「実は、この東国の商人が疑わしいというので、遍昭殿と語らった上、私が、この商人を探ってみたのです」

「探ったとはどのように――?」

「あとをつけたのですよ。その商人が何度も都へ来ているのなら、常に泊まる宿があるかもしれませんし、右大臣家以外の取り引き先とてあるかもしれない。右大臣をあまりに突くのは危ないですから、別の方向から探ろうとね」

「その商人こそが悪人であれば、危ないでしょうに」

「私のことを案じてくださるとは、嬉しいことです。ついでに、私の身に何かあった時には泣いてくださいますか」

期待に輝く目を向けて問う業平に、小町はあきれ果てた。

「まあ、それはともかく、商人をつけて行ったら、小野の里に行き着いたのです」

「小野の里に――」

小町は息を呑んだ。実家小野家の出身とする場所であり、小野家の邸もそこにはある。

「それで、遍昭殿と話すうち、小野家と東国とのつながりに思い至ったわけです。小野家からは陸奥守《むつのかみ》や出羽守も出ておりますし、東国との縁も深い」

何か思い当たることはないかと問われて、小町は少し沈黙した。

小町が出羽国の出身であることを、遍昭や業平に話したことはない。そもそも、鄙育ちの娘を宮中へ上げることを、小野家はできるだけ隠したがっていた。小町も宮中では口にせぬよう言われたし、あの姉の大町でさえ口をつぐんでいたはずだ。この時も小町は、自らの出身地を打ち明けることはせず、

「小野家にも東国の商人は出入りしていたと思いますけど、くわしいことは……」

と、あいまいにごまかした。小野家の娘が商人と顔を合わせる方が不自然なため、業平は特に疑いを持たなかったようだ。

「では、蝦夷の用いる毒について聞いたことはありませんか」

続けて問われた時、小町は動揺を顔に出さぬよう必死にこらえた。

毒については、初めから気にかかっていることがあった。

実は、蝦夷の奥地では獣を射るのに附子《ぶす》（トリカブト）の矢毒を用いると聞いたことがある。出羽国ではよく知られた話だ。

附子は蝦夷地にしか生えぬ草ではない。京でも手に入れることは難しくないし、この草に毒があることも知られていた。食べれば痺《しび》れや嘔吐《おうと》などの症状が出る毒性の強い草なのだが、とはいえ、少量口にしただけなら確実に死ぬわけではない。

附子を毒として用いたいなら、草から毒を抽出する方法を知る必要があった。そして、附子の矢毒を用いる蝦夷の民は、その方法を知っていたのである。

「さあ、それも……」

だが、小町は知らぬふりを通した。鼓動が速くなっていたが、必死に隠して業平に悟られまいとする。

「ところで」

小町は少し強引に話を変えた。

「業平さまがあとをつけたという商人とは、どんな風貌なのですか。大男ということですが、それ以外に目につくところはないのですか」

「心当たりでも？」

業平が探るような目を向けてくる。

「いえ、聞いておけば、小野家の者に問い合わせることもできますから」

小町は淡々と答えた。業平はしばらく小町の顔を見つめていたが、ややあって目をそらすと「そうですね」と少し考え込んでから口を開いた。

「年の頃は四十代の半ばほど。背の高さは私と同じ六尺くらいで、岩のようにごつい男です。髪は縮れていて、黒というより褐色っぽく見えました。他には、少し左足を引き摺って歩く癖がありましたね」

小町は一瞬の沈黙の後、「そうですか」と応じた。

「では、小野家の者にも聞いておきましょう。わたくしに心当たりはないので、お役に立てるかどうかは分かりませんが」

取りあえず、小町は後宮の配膳係の者たちに不審な動きがないか探りつつ、小野家にも問い合わせるということで、その日の話は終わりになった。遍昭は染殿を、業平は小野の里を宿としている東国商人を、引き続き探り続けるという。

（でも、その商人は幽雪で間違いない）

業平に悟られぬよう平静を装いつつ、小町は胸の中でそう反芻《はんすう》していた。

三

小町を京へ連れて来た時の幽雪は、まだ三十路ほどだったはずだ。あれから十五年以上が経った今なら、四十代半ばになるのだろう。小町が宮中へ上がってからの消息はまるで知らなかったが、まだ出羽と京とを往復していたようである。

幽雪が小野家に出入りしていたのは確かで、商いの取り引きもあったと思われるが、それが怪しいものだったとは今でも思うことができない。

蝦夷の血を引く幽雪が附子の矢毒の作り方を知っていたのかどうか、そうでなくとも、蝦夷の民から毒を買い上げ、それを京で商っていたのかどうか、小町は知らなかった。

ただ、あり得ない話ではないと思う。そして、何より――。

(小野の里で幽雪のあとをつけて行ったあの晩、わたくしは雪花の君と出会った……)

初めての恋――相手がすっかり変わってしまったと知った後でさえ、その時の美しい思い出までが消え去ったわけではない。

だが、もしもあの時から、二人の間につながりがあったのだとしたら――。

幽雪は小野家だけではなく、雪花の君――藤原良房とも取り引きをしていたのだとしたら――。

当時は、小野の里が取り引きの場所として使われていた。まだ身分も地位も今ほど重くなかった良房は、自ら小野の里へ足を運び、何かを幽雪から買い取っていた。その正体は分からないが、毒であったのならば、良房と幽雪の関わりがこれほど長く続いていることにも納得がいく。他の商人からは決して仕入れられないものだからこそ、良房は幽雪を大切にする必要があったのだろう。

やがて、幽雪は良房の邸にも出入りするようになった。

（仮に……仮にそうだとしても、あの方が本当に主上や惟喬さまに毒を用いようとするなんて――）

いくら何でも、そこまでするとは思えなかった。

だが、良房は変わった。小町の目にもそうと分かるほど、少しずつ傲慢になっていった。嵯峨上皇、仁明天皇の崩御を経て、その態度は極まっていき、ついには文徳天皇と皇位継承の一件で対立してしまうほどにまで。

（あの方がたとえどれほど変わってしまわれたのだとしても――）

そして、仮に幽雪から毒を買い上げていたのだとしても、それを使わせるようなことだけはしてはならない。

（どんなことをしてでも――）

小町はそう心を決めた。

十六歳で小町が宮中へ上がったのは、承和二（八三五）年、今からちょうど十五年前のことである。

ひそかに、雪花の君を探すことを胸に秘めての宮仕えであった。

小野家の者たちが小町に期待したのは、帝の寵愛を受けることであり、万一そういう事態になれば、小町自身の雪花の君への想いと相容れないことになる。小町もそのことは分かっていたが、そこにはあえて目をつむっていた。

（わたくしはただ、雪花の君にお会いできれば、それでいい）

会うことさえ果たしてしまえば、後は雪花の君が何とかしてくれるのではないかという、若い娘特有の甘えもあった。

雪花の君に会うことを胸に秘めていれば、どんなことにも耐えられる気がした。後宮で心無い卑劣な噂を立てられても、男たちから好奇な眼差しを向けられても、それをやり過ごして、少なくとも人前で平然としていることができた。

（あの方にお会いできるのなら――）

それだけを一心に願い続けていた小町が、当時権中納言《ごんの》だった藤原良房を初めて見た時の胸の昂りは、その後もずっと忘れられぬものであった。

　仁明天皇の催した宴の席でのことだった。

「後宮で最も時めいていらっしゃる、北家の女御さま（順子）のお兄上」

　という誰かの説明がほとんど耳に入らなかった。

　少し冷たく見える横顔、鋭い眼差し――それらが少しも気品を損なわないのは、常に凜とした佇まいがその身を包んでいるからだ。そう、その姿は小町の知る雪花の君に間違いなかった。

「いつ見てもご立派なお方ね」

「でも、少し怖そうなお方。愚かなことを口にしたら叱られそうだわ」

　良房に対する後宮の女たちの評判はよかった。ただし、徹底した賛辞と共に付け加えられるのが、ある種の脅えのようなものであった。確かに、雪花の君も冷たく見える時はあった。話の進め方もいつも強引だった。

（でも、違うわ。あの方は本当は、とても深い情けの心を持っていらっしゃる）

　小町の舞を見た時、感動した表情を浮かべ「比右の舞は美しい」と呟いた雪花の君の姿は、一度も忘れたことがない。そして、あの一瞬に見せた雪花の君の姿こそ、本来の彼の姿だと、小町は信じていた。

　ただし、小町が良房を見つけた後、すぐに声をかける機会が訪れたわけではなかった。

その宴の席ではもちろんのこと、それから何日もの間、小町は機会を待たねばならなかった。

そうするうち、藤原良房という人物の噂も徐々に耳に入ってきた。

主だったものは、とにかく正妻を大事にする堅物という評判だった。

「あの方にだけは熱を上げても無駄。北の方以外の女人なんて、見向きもなさらないのだから」

その時、初めて不安がよぎった。もしや、雪花の君が突然姿を消したのは、その正妻への節操を守り通したということなのか。そうだとしたら、今になって自分が名乗り出たとしても、良房は妻一人を守り通すのかもしれない。

だが、それならそれで、仕方がない。それでも、雪花の君の口からきちんと聞きたかった。聞かなければあきらめることなどできはしない。

そうして待ち続けるうち、妹順子のもとへ出入りすることの多い良房を、後宮七殿五舎のどこかで見かける機会も訪れた。良房は誰かと一緒のことが多く、すぐに言葉を交わせたわけではないが、それでも良房が自分を見ているという気はした。

(雪花の君も、わたくしに気づいてくださっている)

小町はそう思っていた。そして、その度に胸が熱くなった。

やがて、ついに小町の待ち焦がれた瞬間が訪れた。良房から初めて宮中で声をかけられたのだ。

「そなたが小野小町か」

と、問うその声も、間違いなく雪花の君のものであった。

——わたくしは比右です、雪花の君。

小町がそう答えようとした時であった。良房は小町の返事も待たず、

「そなたにぜひとも聞いてもらいたい話がある」

と、言い出したのだった。小町はうなずいた。比右である自分への何らかの言葉がかけられるのだと思っていた。

しかし、小町の耳へ、扇で隠した口もとを寄せた良房は、

「形ばかり、私の恋人になるというのはどうだ？」

と、尋ねてきたのである。

「えっ……」

それなり、小町は絶句した。

「私には高貴な妻がいて、大事に想っている。だから、他の女を持つ気はないのだが、いかんせん、周囲の目がわずらわしくてならない。要するに軽んじられるのだ。妻を恐れてばかりいる腰抜けだ、と」

「…………」

「人に侮られるのは我慢ならない上、出世にも響きかねぬ。そこでだ。宮中一の美女と名高いそなたを我がものとして、世間をあっと言わせてやりたい」

良房は小町の顔色など気にも留めず、滔々と語り続けた。

「どうせ、女を持つのならとびきりの女がいい。そなたの美しさは、私の立場に十分釣り合っている」

形だけのことではあるが、人前では恋人として振る舞ってほしい。それ以上のことは何も望まぬし、もちろん後宮における後ろ盾にもなろう。嫌な目に遭うことがあればすぐに教えてほしい。気に入らぬ者がいれば後宮から追い出すよう、妹の女御を動かしてやる。

良房の言葉はほとんど小町の耳には入ってこなかった。

(どうなさったのですか、雪花の君。本当にあなたなのですか)

二年以上離れ離れになっていたとはいえ、あの雪花の君の口から漏れた言葉とは思えなかった。まさか、別人なのか。いや、同じ顔、同じ声を持つ別人が、この世にもう一人いるとは考えられない。しかし、本当に雪花の君であるなら、どうして、自分が比右であることに気づかないのだろう。とぼけて知らぬふりをしているのか。それとも、すっかり忘れてしまっているのか。

(まさか、本当にわたくしのことが分からないのですか)

一言、相手に問えばいいだけのことだ。だが、その言葉は小町の口から出てこなかった。

忘れていたにせよ、気づかなかったにせよ、所詮、良房にとって、小野の里での出来事はその程度のものでしかなかったと分かるだけのことだ。

そして、自分は思い知らされる。雪花の君という恋しい男はもうこの世にいない、あの雪花の君は幻に過ぎなかったのだ、と――。

「本気でおっしゃっているのですか」

口が勝手に動いていた。この宮中で身につけねばならなかった女の矜持《きょうじ》と、男を前に怯んではならぬ女官の気概が表に出てしまう。それらは、雪花の君に会うまでの間、他の男を斥けるために必要だったに過ぎないのに……。どうして、自分はそれを、当の雪花の君に対して使わねばならなくなってしまったのだろう。

「度胸のないお方」

小町は微笑みながら言い返した。自分でもどうしてそんな受け答えができるのか不思議だった。心の中で、少女の比右が泣きじゃくっている。それなのに、女官の小野小町は男に対して嫣然と笑ってみせているのだ。

「そんなお方に、わたくしは釣り合いませんわ」

そう言うなり、小町は良房の脇をすり抜け、歩き出した。まさか断られると思わなかったらしく、良房は唖然としていた。

「私はあきらめぬぞ」

という言葉が追いかけてきたが、小町は振り返らなかった。


(どうしてですか、雪花の君)

どうしてわたくしのことが分からないの。どうして変わってしまったの。いえ、そもそもあなたはそういう人だったのですか。

問いかけるのも、比右だと打ち明けるのも、そうする気持ちがあるのなら、宮中で最初に言葉を交わした時にするべきだった。この日、男と対等に渡り合う小野小町として振る舞ってしまった以上、その後も小町は良房の前で同じように振る舞い続けるしかなかった。

その間、良房が雪花の君だと打ち明けてくれる日が来ないかと、一度も望まなかったと言えば嘘になる。雪花の君としての姿が本物で、宮中で見せる藤原良房としての姿は仮のものではないかと、期待したこともなかったわけではない。

そして、何年も何年も待ち続けた。半ばあきらめつつ、時にはあまりにも優しい他の人に心を動かされながらも、小町の中で比右が消えてしまったわけではない。

(右大臣さまに、いえ、雪花の君にお会いしよう)

小野小町として会うのか、それとも比右として会うのか、それは自分でも分からない。だが、良房に毒を使うなどという罪を犯させたくない、その気持ちは揺るぎのないものであった。

第十章　花の色よ

一

数日後、宮中からの宿下がりを願い出て許された小町は、牛車を染殿へと向かわせた。染殿の主人である良房には訪問の旨を伝えたが、業平と遍昭には知らせなかった。

(今日ですべてが終わる)

良房に無謀な企みをあきらめさせれば、先帝から下された密命も果たしたと言っていいだろう。二人にはそれだけを後から知らせればいい。良房との過去の経緯を話すつもりはなかった。遍昭はともかく、業平が納得するかどうかは分からないが、そこは吞み込んでもらうしかないだろう。

牛車を車宿りにつけ、屋内へ入った小町は、案内役の女房に連れられて、良房のいる母屋へと向かった。

すでに人払いが命じられていたらしく、母屋には良房より他の者はおらず、案内役の女房もすぐに下がって行ってしまった。

小町は奥に座している良房の前まで進み、その場に座ると、相手が口を開くより先に、

「雪花の君」

と、呼びかけた。

無言で相対する良房の表情に、すぐに見て取れる変化は浮かばなかった。良房は驚いてもいないようだった。

（では、あなたさまもわたくしが誰か、気づいていたということなのですね）

小町は心の中で良房に語りかけた。

しばらくの間、どちらも言葉を発することはなかった。ややあって、先に口を開いたのは良房の方である。

「初めは、まったく気づかなかった……」

と、良房は静かな声で告げた。

「小野の里で出会った、清らかで世慣れぬ娘。私はあの娘に惹かれていた。が、私には生涯、妻以外の女を持たぬという己に課した約束事があった。だから、その娘を忘れることにした」

「そして、本当に忘れておしまいになったのですね」

小町の口から漏れた寂しい問いかけに、良房は「いや」と答えた。

「正直に言おう。私が惹かれたのは比右であって、小野小町ではない。だから、宮中で華やかに咲き誇る美貌の女を見ても、まさか比右だとは思わなかった。小野小町のことは利用しようと思っただけで、惹かれたことはない」

良房の告白を、小町は淡々とした気持ちで聞いていた。喜びも悲しみもない、そうだったのかと納得する一方、それでよかったのだと静かに思えた。

「わたくしも同じでございます。わたくしは雪花の君に恋をしましたが、藤原北家のご当主に身を任せたいと思ったことはございません」

良房も小町の告白を淡々と聞いていた。

「そなたは、見た目も物言いもすっかり変わってしまっていた。だから、まことに気づかなかったのだ。だが、ある時、もしやと思うことがあった。はっきりと確信したのは、そなたが遍昭殿の訪れを待っていたあの深草での朝のことだ。初めて目にする小野小町の頼りなげな姿に、比右が重なって見えた」

「そうでしたか」

「よくよく考えれば、小野の里には小野家所有の土地も多い」

「幽雪がこちらに出入りしているのでございましょう」

小町は切り込むように尋ねた。

「知っていたのか」

「幽雪に尋ねればすぐに分かったことでしょうに。どうしてお尋ねにならなかったのですか」

「知ってどうなる」

良房は逆に訊き返した。

「むしろ知れば虚しくなるだけだ。私の比右はもうこの世にいないと分かるだけではないか」

確かにそうだ。小町も知りたくはなかった。雪花の君が藤原良房であるということなどを——。

「今日、そなたがここへ参った理由は、もう分かった」

唐突に、良房が告げた。

「思いとどまってもいい」

良房はさらに言った。

「わたくしの望みは、幽雪からあなたさまが買い取ったものを、この先ずっとお使いにならないことでございます」

「いいだろう」

良房はうなずいた。

「言っておくが、私はあれを使ったことはない。常に懐に収めてはいたがな」

「この先も、お使いにならないことをお願いいたしますわ」

「いいとは申したが、諸手をあげて、というわけにはいかぬ」

「お望みのことがあれば、おっしゃってくださいませ」

すかさず小町が応じると、それまで無表情を通してきた良房の顔に、初めて不敵な笑みが浮かび上がった。

「そなたがこの私に向かって、そも殊勝なことを言う日が来ようとはな」

良房の笑みが勝ち誇ったような色に染まっていく。

自分と良房とのやり取りは、いつしか勝ち負けを競い合うものになっていたのだと、小町は思った。それが悲しいわけではなかった。比右としては嫌だが、小野小町としては嫌ではない。

そして、良房は今、自分のことを比右ではなく、小野小町として見ている。

「では、宮中を退き、私のもとへ参れ」

傲然とした口ぶりで良房は言った。

良房は一度口にしたことを違《たが》えはしないだろうと、小町は思った。情にあふれる雪花の君は、逢《あ》いたいがゆえに逢おうと約束し、思い直してそれを反故《ほご》にしてしまう心の弱さがあったけれども――。

(それでも、わたくしは雪花の君が好きだった……)

良房のことを慕わしいと思うことはできない。だが、それは良房にしても同じことだ。小野小町という女を愛しくなど思っていないはずだが、それでも、女を手に入れるという勝ちを収めることが、今の良房にとって大事なことなのだろう。

そして、小町にとっても大事なことはある。自分が良房のもとへ行くことで、文徳天皇と惟喬の身が守られ、亡き仁明天皇の憂いを晴らすことができるのであれば——。

「それで、あなたさまがご満足であるのなら……」

宮中を退いてあなたのもとへ参りましょう——小町がそう言おうとした時だった。

外から地の鳴り響くような音が迫ってきた。一瞬、地震かと思った。返事をするのも忘れ、戸口の方を振り返ったその時、戸が騒がしい音を立てて押し開かれた。

「何をしておられるのです！」

闖入者《ちんにゆうしや》は良房と小町を同時に睨みつけながら、激しく詰《なじ》るような口調で叫んだ。

「……業平さま」

小町は相手の名を口にしたものの、それ以上言葉が出てこない。

「右大臣殿にお尋ねします。何を小町殿におっしゃいましたか」

「何といって、いつものことだ。宮中を退き、私のもとに来いと言った。ずっと袖にされ続けてきた私だがね、今にもよき返事をもらえそうなところだったのだ。邪魔をしないでもらえるかな」

良房は余裕の笑みを浮かべつつ、業平に告げた。

「貴殿のことだ。よからぬ取り引きを持ちかけたのでしょう。主上と一宮には手を出さないなどと言って」

「何を言う。私も小町殿も一言たりとも、主上や一宮のことなど口にしてはいない。そうであろう」

「……ええ、その通りです」

業平を気の毒に思いながらも、小町は小さな声で答えた。

「口にせずとも示唆するくらい、貴殿にはたやすいことでしょう」

業平は良房を激しい目で睨みつけた。

「卑怯者と罵られる前に、取り下げるがいい」

「在原殿のごとく、あからさまに口に出してはまとまる話もまとまらなくなる」

どこか相手を侮るような調子で、良房はうっすらと笑いながら言う。

「あからさまでけっこう」

開き直った様子で、業平は叫んだ。

「小町殿を脅すのであれば、承和の変の折、貴殿と我が父と檀林太皇太后が何をしたか、世間に振れ回ってやる」

その場に立ったままの業平は、威圧するように良房を見下ろしざま、わめき立てる。

肩を上下させながら、業平が口をつぐんだ時、良房の顔から笑みが消えていった。その顔は小町がここへ来た時と同じような無表情になっていく。

承和九年に起きた恒貞親王廃太子の事件、それは業平の父阿保親王の檀林太皇太后への密告によって明らかになった。

阿保親王はその三月後に突然の急死を遂げ、檀林太皇太后も我が子仁明天皇の後を追うように、今年の五月に亡くなっている。生前、美貌で知られた太皇太后は、己の骸《むくろ》を埋葬することなく鳥獣に食わせ、それをもってこの世の無常さを人に知らしめるようにせよ、と言い残したそうだ。

阿保親王の急死の理由は不明である。

檀林太皇太后がなぜそんな言葉を残したのか、その本心も今となっては分からない。だが、もはや二人に口はなく、阿保親王の息子である業平が「事の真相はこうだ」と公表したならば、世間はそれを信じるだろう。そして、承和の変を収めた仁明天皇も亡き今、場合によっては文徳天皇が正史を書き換えさせる恐れもあった。

業平は自らの父の評判を地に落とすことになっても、それを実行すると言う。その目は本気だった。

無言の対峙は、突然の大きな笑い声によって打ち破られた。良房がそれまでの無表情を崩し、笑い出したのだ。

「今、私が小町殿に言ったことはすべて軽口だ」

笑い声を収めた後も、顔には笑みを湛えたまま、良房は告げた。

「私のもとへ来なくてかまわぬ。その代わり、後宮の女官である小町殿に願いたき儀がある」

良房は顔から笑みを消し、真面目な表情になって続けた。

「父として、私も娘の女御が哀れでならぬ。皇子をお産みしたというのに、主上は参内をお許しくださらぬのだからな」

娘である明子のことを口にした時、良房の表情は沈鬱なものになる。あながち作り物とも思えぬその表情の暗さに、小町も業平も無言であった。

「まずは、女御と皇子の参内をお許しいただきたい。言わずもがなだが、参内した挙句、娘が主上から無視されるという仕打ちは論外だ」

「分かりました」

小町はすぐに答えた。

良房の要求は理に適っており、それを斥ければ、帝の方が良識を疑われるだろう。

「主上もご即位なさったのですから、東宮さまでいらした頃と同じようなわけにはまいりません。右大臣家の女御さまを粗略に扱うなどもってのほか。ご参内のこともその後のご待遇のことも、わたくしから主上に申し上げげましょう」

「しかとそうしてくれるか」

「必ずや」

良房の念押しに、小町はうなずいた。

「さすれば、私もそなたが懸念していたことは実行せずに済ませられる」

「お約束くださいますか」

「そちらにも、切り札の毒があろう」

そう言って、良房はちらと業平に目を向けた。

承和の変のことを言うのだと思い、小町はうなずいた。自分も惟喬も業平に救われたのだと思った。

二

その日、宮中へ戻った小町は、静子のもとを訪ね、文徳天皇と話を交わせる場を作ってほしいと頼んだ。

大事な話になるので、人払いをお願いしたいと頼むと、静子は何も尋ねずに了承し、翌日にはその席を設けてくれた。

「何のお話ですか」

帝となってからも文徳天皇は、父の代から仕えていた小町に対し、丁寧な口を利いた。

「今日は先帝のお話を聞いていただきたく、三条町さまに不躾なお願いをしてしまいました」

「そういうお話ならば、願ってもないことです。先帝にお仕えしていた女人たちが皆、宮中を去ってしまい、寂しくなってしまいましたから」

しみじみとした口ぶりで言う帝に、小町も同じ思いでうなずいた。

「ですが、主上にお仕えする女人の方々が、これから大勢入ってこられることでしょう。染殿の女御さまのご参内も待ち焦がれられるところ」

明子の話題になると、穏やかだった帝の表情にほんの少し翳りが浮かんだ。

「そうですが、染殿の女御は少々具合がよくないようですから」

どことなく言い訳するような口ぶりで言う帝の顔を、小町はじっと見つめ返した。そうされると、帝はきまり悪くなった様子で目をそらし、

「染殿の女御に対して冷たすぎると思っておいでですか」

と、尋ねた。

「さようでございますね。三条町さまにお見せになるお優しさと比べてしまいますと、どうしてもそのように見えてしまうようでございます」

ここは遠慮をするところではないと、小町は正直に思うところを述べた。すると、帝

はごまかしても仕方がないと覚悟を決めたらしく、

「女御がどうというのではありません。あの人は、朕にとって最も血の濃い大事な女人です」

と、小町を見据えて告げた。

「もちろんです。この度は皇子さままでお産みくださいました。ご不満などおっしゃってはなりませんでしょう」

「されど、朕はどうしても女御の後ろに、右大臣が見えてしまうのです。右大臣から見張られているような感じがしてしまい……」

「まだ東宮とおなり遊ばさぬ昔にも、主上はそんなお言葉をお口になさっておいででした」

「あなたを前にすると、つい若い頃の気持ちになってしまうようだ」

「本音でお話しくださるのは、もったいないことでございます。では、お若い方への差し出口ということで、もう少しだけお許しください。亡き先帝は主上のことをたいそうご心配になっておられました。いずれ右大臣さまと対立なさるのではないか、と――」

帝が息を呑んで黙り込む。小町は淡々と語り続けた。

「まだ一宮さまもお生まれにならない頃のことです。どんな対立が起こり得るか、まったく予測が立たぬその頃から、先帝は主上の御事をご心配になっていたのでございます」

亡き父の志はあえて確かめるまでもなく、帝の心に沁みているものと見えた。

「その時、先帝は遍昭さまと在原業平さまとわたくしをお招きになり、あることをお頼みになりました」

「あること……？」

「主上と、当時ご入内なさったばかりの三条町さまを守ってほしい、と――」

帝はわずかにうつむき、無言のままであった。

「ご不快を承知で、言わずもがなのことを申し上げます。染殿の女御さまと四宮さまを大事になさってくださいませ。それが、三条町さまと一宮さまをお守りすることにもなります」

帝は微動だにしなかった。先帝の思いやりが届いていると信じたいが、場合によっては、小町自身が帝の激怒を買い、宮中を追い出されることになるかもしれない。しかし、自らの女官としての立場を擲つことになっても、ここは言い切らねばならなかった。

「どなたに尊き御位をお譲り遊ばすか、それはわたくしなどがご意見申し上げることではなく、右大臣さまや染殿の女御さま、三条町さまとて、お口を挟むことではありません。ですから、主上ご自身がご良心に従ってお決めになってくださる日を、わたくしどもはただお待ちするだけでございます」

帝の反応はまったく読めなかったが、小町の口はもはや自分の意思では止められないほどの勢いがついていた。もしかしたら、亡き先帝が今、こうして語る勇気と知恵とを与えてくださっているのではないかと思える。

「一宮さまには一宮さまの、四宮さまには四宮さまの、持って生まれた立場に応じたお役目があるのだろうと存じます。好む好まざるにかかわらず、そのお役目は引き受けねばならぬものですし、主上ご自身もそうしてこられたことを、わたくしどもは知っております。それは皆さまに限ったことではなく、人の生涯とはそういうものなのではないでしょうか」

言い切った後のさわやかな心地の中で、小町は口と共に目を閉じた。どんな処分になったとしても悔いはない。

帝はしばらくの間、無言であったが、やがて「今の言葉、かたじけなく思います」と静かな声で言った。小町は目を開き、帝を見つめた。帝の表情は穏やかで、そこに怒りの色は浮かんでいない。

「染殿の女御と四宮を呼び寄せましょう」

「右大臣家の女御さまとして、ふさわしいお扱いをお願いいたします」

「心得ております」

帝は曇りのない声で答えた。

「東宮のことは、朕の望みもありましたが今はさておき、右大臣も含め臣下の者たちの意見を聞きましょう」

「それがよろしいと存じます。主上の臣下は右大臣さまだけではないのですから」

小町の言葉に、文徳天皇は無言でうなずき返した。その顔に宿るのがすがすがしい表情であることを確かめ、安堵と共に小町は先帝の面影をそっと胸の中に畳み込んだ。

三

翌年の春が来ても、小町は宮中に残り続けていた。

仁明天皇の喪が明けぬ間は、宮中で花の宴が催されることもない。この年も、左近の桜は鮮やかに咲き誇ったが、それを愛でる人もいなかった。

小町は二月下旬、先帝の喪に服する墨染めの衣のまま、紫宸殿の前の庭に立っていた。もはや、ここに仁明天皇はいらっしゃらない。紀種子も宮中を退き、良岑宗貞も俗世を捨てて宮中を去った。もちろん、在原業平や紀静子など、馴染《なじ》みのある人がいないわけでもないが、さほど年齢の違わぬ人々とはいえ、新帝の御世で輝く彼らと、先帝の御世に生きた自分とは、別の世を生きているような隔絶を感じることがある。

（わたくしはなぜ、今も宮中に残っているのだろう）

——小町よ。

不意に仁明天皇に呼ばれた気がした。小町ははっと周りを見回した。桜の樹の陰を、果てしなく広がる空を、紫宸殿の前に広がる庭を端から端まで。

（主上、どこにいらっしゃるのですか）

——そなたこそ、まことにこの宮中の花だ。

（本気でそうお思いになってくださるのなら、わたくしもお連れくださいませ。この桜の花のように、わたくしもまた、鮮やかなうちに散りとうございます）

——この桜を前に、一首つかまつれ。

（主上、あの歌をまた詠えと仰せでございますか。花の色は……うつりにけりないたづらに、我が身世にふるながめせしまに、と——。主上はあの歌を寂しい歌だとおっしゃいましたのに）

——あの歌に返しを作ろうと……ずっと思っていた。されど、あの歌が見事すぎて、返しがどうしても作れぬ。

桜の木陰にふっと人の影を見たような気がした。「主上」と呼びかけるが返事はなく、人影は桜の樹の向こう側へ去り行こうとしている。

（お待ちください。わたくしが……小野小町としてお慕いしたのは主上でございます。ようやく、そのことが分かりました。小野小町としてのわたくしを想ってくださったのが、主上だけだということも——)

小町は人影を追いかけ、桜の樹に向けて足を踏み出そうとした。が、足が動かないばかりか、体が後ろへ引っ張られる。はっと振り返ると、惟喬親王の小さな手が小町の袖をぎゅっとつかんでいるのだった。

「まあ、若宮さま」

小町は驚いて目を瞠った。

「いつの間にいらっしゃったのですか。驚きましたわ」

「小町こそ、何度も呼んだのに、まるで聞こえておらぬふうだったではないか」

小町を案じているような物言いであった。

「申し訳ございません。少し昔のことを思い出しておりましたの」

「月に行こうとしたのか」

惟喬は不安のこもった声で尋ねた。何のことかと首をかしげれば、

「月に住む美しい男のもとへ行くと、前に申していたではないか」

と、言う。惟喬と初めて会った朝のことが思い出された。

「まだ月は出ておりませんから、それには少し早いようです」

明るい空を見上げて微笑むと、惟喬もほっと安心した様子である。

「今日は歌を作ったゆえ、そなたに聞いてもらおうと思って参った」

惟喬は胸をそらすようにして言った。

「まあ、それは楽しみでございますこと」

「花の歌だ」

惟喬は一度左近の桜に目をやり、それから再び小町に目を戻した。

「ここでお聞かせくださるのですか」

小町が問うと、「うむ」と答えて、惟喬は大きく深呼吸した後、口を開いた。


花の色よううつらばうつれ我が恋は　うつりはすまじ年は経《ふ》るとも

――花の色はあせるなら色あせればいい。それでも何年経ったって、わたしの恋心は変わらないんだ。

「……え」

説明されるまでもない。これは、小町の作った「花の色は」に呼応している。返しの歌と言ってもいい。先帝から寂しいと言われたあの歌に、こうも力強い返しの歌を贈ってもらうことになろうとは――。

「若宮さまがお作りになってくださったのですね」

そう問う声は、我ながら今にも泣き出しそうなものに聞こえた。

「少しだけ、左近に教えてもらったけれど……」

惟喬ははにかみながら言う。左近とは左近衛将監の業平のことで、惟喬は前から業平をそう呼んでいた。

「まあ……」

あの男にしてやられた、と思うと、おかしいやら嬉しいやら、わけが分からなくなる。

「小町よ。そなた、泣き笑いのような顔をしているぞ」

惟喬に言われると、笑いながら泣けてきた。

それをごまかすように、小町は左近の桜の樹に向けて、両の袖を思い切り左右に広げた。桜の花びらが一枚、二枚、墨染めの袖にひらひらと舞う。

咲き誇る桜の樹を抱き締めるような心地で、小町は静かに目を閉ざした。

【引用和歌】

わが背子と二人見ませばいくばくかこの降る雪の嬉しからまし

（光明皇后『万葉集』）

花の色はうつりにけりないたづらに我が身世にふるながめせしまに

（小野小町『古今和歌集』）

解説

細谷正充

　自分の世界を持っている作家は強い。二〇二〇年二月に刊行された、篠綾子の書き下ろし長篇『天穹《てんきゆう》の船』を読んで、あらためてそう感じた。まずは作者の経歴をたどりながら、その〝強み〟について説明したい。

　篠綾子は、一九七一年、埼玉県に生まれる。東京学芸大学卒。小学生の頃から作家を志し、私立高校で国語教師をしながら、歴史小説の執筆を開始する。二〇〇一年五月、第四回健友館文学賞を受賞した『春の夜の夢のごとく　新平家公達《きんだち》草紙』が刊行され、作家デビューを果たした。二〇〇五年には歴史小説『義経と郷姫《さとひめ》―悲恋柚香菊《ゆうがぎく》　河越御前物語』『山内一豊と千代』を上梓《じようし》。また、短篇「虚空の花」で、第十二回九州さが大衆文学賞に佳作入選する。これを機に作者が飛躍するのではないかと思われた。

　ところがしばらく、作者の名前を見かけなくなる。本格的に再始動するのは、二〇一〇年の『浅井《あざい》三姉妹　江姫繚乱《ごうひめりようらん》』によってである。以後、堅実なペースで作品を発表。そして二〇一四年に、大きな転機が訪れる。徳川五代将軍の治世が始まった江戸を舞台に、初めて架空の人物を主人公にした文庫書き下ろし時代小説『墨染の桜　更紗屋《さらさや》おりん雛形帖《ひながたちょう》』が刊行されたのだ。これをシリーズ化する一方で、「代書屋おいち」「藤原定家・謎合秘帖《なぞあわせひちょう》」「紫式部の娘。」「江戸菓子舗照月堂」「絵草紙屋万葉堂」と、多数のシリーズを執筆した。また、『月蝕　在原業平歌解き譚』『青山《せいざん》に在り』『岐山《きざん》の蝶』などの単発作品も上梓している。扱う時代も題材も幅広く、平安・戦国・江戸・幕末を舞台に、多彩な物語を提供しているのだ。二〇一七年には「更紗屋おりん雛形帖」シリーズで第六回歴史時代作家クラブ賞シリーズ賞を、一九年には『青山に在り』で第一回日本歴史時代作家協会賞作品賞を受賞と、作品の評価も高い。

しかも多くの作品に、共通した要素がある。和歌だ。平安だけでなく、どの時代の作品でも、ストーリーに和歌が盛り込まれ、巧みに使われているのである。一例として、冒頭で挙げた『天穹の船』を見てみよう。幕末を舞台に、船が沈没したことで幕府の世話になっているロシア人を祖国に送り返すために、日本初の洋式船の造船を命じられた、戸田《へだ》の船大工を主人公にした歴史小説だ。この主人公の設定に仕掛けがあり、興趣に富んだストーリーが楽しめるのだが、それを紹介するのは控えておこう。注目すべきは、『万葉集』に収録されている柿本人麻呂の和歌を活用し、幻想的なシーンを創り上げたことだ。あまりにも美しい光景に、心が震えた。和歌を愛している作者だから書けた名場面だと思った。そして自分の世界を持っている作家の強さを、深く感じたのである。

だから作者が本書『桜小町　宮中の花』の主人公に、小野小町をセレクトしたと知って、期待が高まる。なにしろ彼女は、平安時代前期を生きた女流歌人なのである。篠作品のヒロインとして、これほど相応《ふさわ》しい人はいないだろう。

小野小町は、六歌仙、三十六歌仙、女房三十六歌仙のひとりに選ばれた、和歌の名人だ。『古今集』に収録され、百人一首にも採られた「花の色はうつりにけりないたづらに　我が身世にふるながめせしまに」を始め、幾つもの優れた和歌を残した。また、世界三大美女のひとり（他のふたりは、クレオパトラと楊貴妃。作中で何かと楊貴妃が引き合いに出されるのは、そのためである）と称えられるが、これは後世になって作られたものだ。ただし美人であったことは間違いないようである。まさに才色兼備の人だったのだ。

それなのに彼女の経歴は不明な点が多い。出生についてもはっきりせず、なかには小《お》野篁《ののたかむら》の娘や孫という説もある。ちなみに公家の小野篁は、夜な夜な冥府に赴き、閻魔《えんま》大王の裁きの補佐をしたという伝説の持ち主である。このあたりのことをネタにすれば、面白い伝奇小説に仕立てることも可能だろう。だが作者は、彼女を宮中の更衣（もちろん更衣だったという説がある）にして、堂々たる歴史小説を書き上げたのである。

その美しさで、有名人になっている小野小町。仁明《にんみょう》天皇のお手付きとの噂《うわさ》があるが、本当か嘘《うそ》か分からない。なぜか彼女も、はっきりしたことはいわない。野望と嫉妬の渦巻く宮中で、小町を嫌う者は少なくないが、仁明天皇の寵愛を受け続けている紀種子《きのたねこ》や、高貴な身分の良岑宗貞《よしみねのむねさだ》など、良好な関係の人もいる。

そんなある日、小町は藤原北家の実力者である藤原良房から、自分の女人になるよう誘われる。これを断った小町だが、続けて在原業平に遭遇。まだ十八歳だが自信満々の彼から、やはり誘いを受けるが、良房と同じように断った。この冒頭のエピソードで小町の美人ぶりを表現した作者は、彼女の宮中の日々を綴《つづ》っていく。たしかに仁明天皇に気に入られている小町だが、男女の関係にあるのだろうか。作者はストーリーの背景にこの謎を置いて、読者の興味を引っ張りながら、当時の宮中の複雑な人間関係と、権力闘争を簡潔に描いていくのだ。複雑な血の繋《つな》がりを、小町と他の人の会話を通じて分かりやすく説明する、作者の手際が鮮やか。平安時代を舞台にした歴史小説は、人間関係がややこしいからと敬遠している読者にも、安心してお勧めできるのである。

そして嵯峨上皇が崩御すると、物語は大きく動き出す。「承和の変」が起こり、宮中が揺れた。小町も微妙に影響を受ける。一方で、小町と仁明天皇の真の関係も明らかになるが、新たに、彼女が宮中に留《とど》まる理由が分かる。ある男を見つけるためだったのだ。この男の正体や、小町との関係は書かないが、なるほどそうきたかと感心。思わず本書を最初から読み返したくなった。そして彼女が、初恋を拗《こじ》らせたまま宮中で蹲《うずくま》っている女性だということを理解してしまったのである。小野小町の斬新なキャラクターが、面白くてたまらない。

しかも彼女はモテモテだ。良岑宗貞と在原業平（共に六歌仙である）は、仁明天皇の前で小町にプロポーズ。さらに仁明天皇も小町に気があるようだ。ある意味、逆ハーレム状態。恋愛小説としても、大いに楽しむことができるのである。なお宗貞は、能の「通小町《かよいこまち》」で小町のもとに百日通う、深草少将の役割が振られている。こうした小野小町に関する伝説や物語が、巧みに織り込まれている点も、本書の注目ポイントだ。

だが小町は、初恋の人が忘れられない。作者が凄《すご》いのは、彼女の初恋の行方を、仁明天皇崩御後の錯綜《さくそう》した宮中の状況と、密接にかかわらせたことだ。ストーリーにフィクションの膨らみを与えながら、小町の初恋にケリをつけるのである。一気にサスペンスの増した展開にハラハラし、小町と初恋の男との対話にドキドキする。クライマックスに相応しい盛り上がりに、ページを繰る手が止まらないのだ。そして、初恋にケリがついたとき、彼女は宮中暮らしの中で自分が本当に好きになった人物に気づく。それが誰かは、ぜひとも本書を読んで確認してもらいたい。きっと切なさに、胸が掻《か》き毟《むし》られることだろう。

最後に、篠作品の最重要な題材である和歌について触れておこう。当然、本書でも和歌が十全に活用されている。いろいろな人の和歌が使われているが、やはりメインとなるのは小町の、「花の色はうつりにけりないたづらに　我が身世にふるながめせしま

に」だ。良岑宗貞からアドバイスを受け、
「目に見えるものをそのまま詠むのではなく、違った景色を詠むことで、かえって目の前の桜の美しさを際立たせる。そんな歌を詠むことができないものか」

と考えた小町は桜の宴で、この和歌を詠むのである。意味は作中で、「桜の花は長雨の降るうちに色あせてしまった。むなしいこと。わたくしが物思いにふけって時を過ごしてしまったように」と説明されている。本書の内容を知ってしまうと、小町の人生を想《おも》い、なんだか悲しい気持ちになってしまう。だが、そんな彼女の心を癒すのは、やはり和歌であった。ラストである人物が小町に贈る和歌によって、彼女は救われる。ここに和歌の力を信じる、作者の姿を見ることができよう。自分の愛する和歌と共に、小野小町の人生を描き切る。本書が面白いのは、当たり前のことなのだ。

ところで作者には、先の経歴紹介のところでタイトルを出した、『月蝕　在原業平歌解き譚』という作品がある。本書で小町に絡んだ在原業平が、親友の陰陽師と共に、和歌の謎に挑む王朝ミステリーだ。今では死語のようだが、かつて美男子のことを〝今業平〟といった。その語源になった業平が、伸び伸びと活躍しているのだ。しかも、この作品の冒頭を読むと、本書のラストと繋がっているように思えてならない。本書を読み終わって、なお物語から離れがたい人は、続けてこちらの作品を読むといいだろう。そして篠綾子の創り出す世界に、ズブズブと嵌《はま》ってほしいのである。

（ほそや・まさみつ　書評家）

本書は、集英社文庫のために書き下ろされた作品です。

編集協力　遊子堂

篠　綾子の本

岐山の蝶

明智光秀に愛され、織田信長の妻となった濃姫。だがその本当の姿は謎が多い。戦国乱世を強くしなやかに生きた女の真実を、大胆な発想と新しい視点で描きだす。傑作歴史長編！

集英社文庫

集英社文庫　目録（日本文学）

椎名誠　メコン・黄金水道をゆく
椎名誠　砂の海　風の国へ
椎名誠　砲艦銀鼠号
椎名誠　草の記憶
椎名誠　ナマコのからえばり
椎名誠　大きな約束
椎名誠　続 大きな約束
椎名誠　本日7時居酒屋集合！ ナマコのからえばり
椎名誠　コガネムシはどれほど金持ちか ナマコのからえばり
椎名誠　人はなぜ恋に破れて北へいくのか ナマコのからえばり
椎名誠　下駄でカラコロ朝がえり ナマコのからえばり
椎名誠　笑う風　ねむい雲
椎名誠　うれしくて今夜は眠れない ナマコのからえばり
椎名誠　三匹のかいじゅう
椎名誠　流木焚火の黄金時間 ナマコのからえばり
椎名誠　どーしてこんなにうまいんだあ！

椎名誠　ソーメンと世界遺産 ナマコのからえばり
椎名誠　カツ丼わしづかみ食いの法則 ナマコのからえばり
椎名誠　単細胞にも意地がある ナマコのからえばり
椎名誠　孫物語
椎名誠　おなかがすいたハラペコだ。
椎名誠 北上次郎 編　椎名誠[北政府]コレクション
椎名誠 目黒考二　本人に訊く〈壱〉 よろしく懐旧篇
椎名誠 目黒考二　本人に訊く〈弐〉 おまたせ激突篇
椎名誠　家族のあしあと
塩野七生　ローマから日本が見える
塩野七生 アントニオ・シモーネ　ローマで語る
志賀直哉　清兵衛と瓢箪・小僧の神様
篠綾子　岐山の蝶
篠綾子　桜小町　宮中の花
篠田節子　絹の変容
篠田節子　神鳥《イビス》

篠田節子　愛《めで》逢《あ》い月《づき》
篠田節子　女たちのジハード
篠田節子　インコは戻ってきたか
篠田節子　百年の恋
篠田節子　聖域
篠田節子　コミュニティ
篠田節子　アクアリウム
篠田節子　家《や》鳴《な》り
篠田節子　廃院のミカエル
篠田節子　弥勒
司馬遼太郎　歴史と小説
司馬遼太郎　手掘り日本史
柴田錬三郎　柴錬水滸伝 われら梁山泊の好漢（一・二・三）
柴田錬三郎　英雄三国志一 義軍立つ
柴田錬三郎　英雄三国志二 覇者の命運
柴田錬三郎　英雄三国志三 三国鼎立

集英社文庫　目録（日本文学）

集英社文庫　目録（日本文学）